上田娘は動画で生きる

坂井のどか
SAKAI Nodoka

文芸社文庫NEO

おもな登場人物

石動弥生《いするぎやよい》　上田総合高校一年。小さな頃から、動画配信者になる夢を秘めてきた。ちゃんと堅実な将来を目指さなきゃ、と一度は夢を捨てたけれど……。

砺波葉月《となみはづき》　上田総合高校一年。真夏の太陽のような女子で、弥生の相棒。人を楽しませるのが大好きだが、自分では気づかない過ちを……。

翠尾樹音《みすおじゅね》　中学生の頃から、ダンス系動画のインフルエンサーとして活躍。同じ高校生でも、弥生や葉月には雲の上の存在だったはずだが……。

プロローグ　動画、こと始め

桜吹雪につつまれる。

入学式で高校生デビューした私たちは、同じ日の午後に、動画でもデビューを果たすのだ。

城跡公園は桜が満開で、風に乗った花びらが、かたまりになって吹きつける。

「ねえ弥生《やよい》、すごい画《え》が撮れたかも」

カメラをテストしていた葉月《はづき》が、はしゃいでいる。

葉月が親からもらった、少し古めのビデオカメラだが、機能的には問題ない。

お堀の水面《みなも》は、花びらを敷き詰めたふかふかの絨毯《じゅうたん》みたい。水の深緑と花の淡色《あわいろ》のコントラストが目にも鮮やかで、風さえ光って見える。

映《ば》えそうな画角を確保して、三脚にビデオカメラを設置。

「目指すは大舞台、ＷＣＦＦ《ウィークールファンフェス》出演だよ、弥生！」

「葉月さあ、またそんな、でっかすぎる目標を……」

ＷＣＦＦは、動画投稿サイトのＷｅＣｏｏｌ《ウィークール》が主催する、年に一度の大祭典だ。毎年の年末に、動画の人気クリエイターたちが招かれる巨大イベントで、そのステージに立つことは、一流の仲間入りを認められた証にもなる。

動画配信を始めたばかりの高校生なんて、そこまで行けるのに何年かかるのやら。

そんな大きなことを平気で言える葉月は、八月を意味する名前のとおり真夏が似合う明るい子だけど、こんなにも光が満ちた春も、とてもよく似合っている。

小中学時代をとおして、葉月はいつもクラスの中心にいて、私みたいに自分の世界にこもるタイプの子とは、接点なんてなかった。

まさか、こんなにも波長が合うなんて、思いもしなかった。真逆の性格だったからかな。見た目も正反対で、私はメガネをかけた地味系女子なのに。

「あれ、葉月じゃん。桜まつりに来るなら、言ってよー」

お堀の桜並木を通りかかった、中学時代のクラスメイトたちに見つかった。

私は動揺し、そこはかとなく気配を消す。さりげなくカメラも身体で隠す。

悪い子たちではないけれど、やっぱり一軍的な雰囲気は苦手だ。

「やっほ、かなっち、ゆっきー、さわぴ。ごめんね、今度また遊ぼ。今日は弥生と一緒なんだ」

弥生って誰、みたいな空気がながれ、三人の視線が私に集中する。ああ、と私を憶《おも》いだしたり、なんでこんな子と、と怪訝《けげん》に思われたり、そんな雰囲気が肌にぴりりとまとわりついて、胸が重たい。

「なんだ、石動《いするぎ》さんかあ。葉月のこと、よろしくね！」

「そういや、一緒の高校になったんだよね。うちの中学から女子は数人しか行かなかった、めっちゃ偏差値高いとこ！」

「同じ中学なら、加藤さんもいるよ。中学ではクラスが違ったから、はづぴと面識なかっただろうけど、今度紹介するね」

彼女らの笑顔は、屈託がない。

「でも意外。葉月が、えと……石動さんとつるんでるなんてさ」

ああ、入学したばかりで他に知ってる子も少ないから、一時的に仲よくしてるだけなんだ、と思われてるんだろうな。そのまま穏便にやりすごしたい。

「や、意外でもないよ。だって弥生はすごい子だもん。実は中学時代から結構仲よしだったんだよね。いつか弥生のすごさを、みんなも知る日が来るから、待っててね」

穏便どころか、余計なアピールをしてくれた葉月は、満面の笑みで親指をぐっと立て、私のことを自慢する。こんなメガネの地味系女子のどこが……といぶかしんでいるであろう視線が、とても痛い。

私も、葉月がこんな私のいったいどこを評価してくれたのか、さっぱりわからないだけに、なおさらのこと。

暑いくらいの四月の陽気へ割りこむように、冷たい風が首筋をなでて吹き抜ける。

「うん、わかった。楽しみにしてるね、葉月」

「またね、はづぴ。あと、桜まつりで出てる屋台の激辛おやき、容赦ない辛さだから、はづぴが絶対好きなやつ！」

「情報、ありがとね、みんな！」

去ってゆく三人組へ、葉月は力いっぱい手を振った。三人がお堀の角を曲がって、完全に視界の外へ消えるまで、ひたすら待ってから、葉月がつぶやく。

「もし弥生がいなかったら、動画配信なんてやろうとは思わなかったよね。どんなに興味があっても、ハードル高いし、なんか恥ずいじゃん」

「えええ、葉月のほうでしょ、一緒に動画をやろうってしつこく誘ってきたの」

「あー、そうだっけ。でも発端は弥生。それは間違いない」

中学の三年間を通じて、葉月はことあるごとに、一緒に動画配信をやろうよ、と言いつづけてきた。

「ずっと昔から弥生が言ってたじゃん、動画配信者になるんだって。そのひたむきな眼差しが、あたしの心を動かした……てのはちょっと気取りすぎ？」

そんな理由だったらしいけれど、そんなの小学生までの話だ。

小さな頃から、葉月とはたとえクラスが一緒になろうとも、お互いに絡む機会なんてなかった。一度だけ、男子にからかわれていたところを助けてもらった以外は。

その後の中学生の頃から、縁あってたまたま仲よくなっただけで。

下校の道すがら水路の路地で、葉月から唐突に「ね、動画やろうよ」と冗談っぽく誘われたり、体育の授業で、二人してボール籠を運ぶとき、「動画やるの、弥生の夢なんでしょ。あたしが相棒じゃダメ？」と、にこにこささやかれたり。

でも中学生以上ともなれば、浮ついた夢なんて語っていられなくなる。真面目に将来を考えて勉強し、世間的に堅実な職業につけるよう、頑張らないといけない。

幼い頃から書きつづけていた動画の企画ノートは、隅っこが焦げてぼろけたまま、部屋の机の奥深くへ押しこんでいた。親にも見つからず、私の目にも触れない場所へ、秘めておいた。

中学時代、動画のことで誘われるたびに、断りながらもつい「でもまあ、砺波《となみ》さんとやるなら、こういう企画なら面白そうだけど……」なんて、その場の思いつきを語っては、葉月を喜ばせたことはあった。稚拙なのは自覚しているけれど、そんなにも嬉《うれ》しがってくれたら、調子に乗って、また次のアイデアを披露してしまう。

やがて「砺波さん」から「葉月ちゃん」へ、そして「葉月」と段階的に親しく呼ぶようになるまで、三年間まるごとを要したっけ。

根負けしかけた私が「じゃあ一緒の高校に入ったら……」なんて条件を出したら、

葉月は猛勉強の末、本当に合格しちゃったので、私もあとには引けなくなった。

コンビ結成の瞬間、「あたしも弥生も、月の名前で共通してるよね。そこんとこからして、すでにコンビを組む運命だったんだよ！」なんて、変な理屈を雄叫びに乗せていた。

私が三月生まれの弥生、葉月が八月生まれ。安直なネーミングだけど、運命を感じさせるくらいには、統一感がある。

「弥生、カメラのセッティングはＯＫだよ」

うっかり感慨にふけっていた私は、葉月の言葉で現実に戻る。長年ずっと秘めていた夢を叶える一歩としての、心おどる現実だ。

「もたもたしてると、夕暮れになっちゃうよね。はいこれ、弥生の分」

撮影用の備品をつっこんであるトートバッグから、ヘアバンドとウレタンマスクを渡された。それぞれ緻密な刺繍《ししゅう》がほどこしてある。

葉月は一見すると大雑把そうなのに、こういう細やかな作業がとても得意だ。

ヘアバンドには六文銭、マスクには雁金《かりがね》の紋。どちらも地元の歴史が誇る、真田《さなだ》一族の家紋だ。特に雁金は、雁という鳥とねじれた両羽のデザインが、なんだか滑稽で可愛い。

春休みの間に二人でコンセプトを語り合って、これに決めた。

――信州・上田のステキを全国に！

そんなキャッチフレーズを掲げ、いよいよ装着する瞬間を迎えた。

人通りのある中で、ちょっぴり恥ずかしいけれど、葉月は周囲の目なんか気にすることなく、うきうきと、

「どう、似合ってる？」

両腕を広げ、相棒の私へ披露してみせる。Tシャツにノースリーブのパーカー、ネオン色のハーフパンツの組み合わせが、活動的で可愛い。

私も覚悟を決めて、思い切って装着。

「思ったより変なコスプレ感なくて、よかったかも」

これが、ずっと長いこと待ち望んでいた、夢の第一歩だ。

心の底では、動画配信者になりたい気持ちを捨てないできた。堅実とは程遠い、人から絶対に笑われるような、けれど私が本当に実現したかったこと。

私の指がビデオカメラへ伸びて、少し躊躇《ちゅうちょ》する。

ずっと待ち望んできた、この瞬間の向こう側へ踏み出すのが、なぜだか怖い。

幼稚園の頃から実に十年もの間ずっと、このときを夢見ていたのに。

目を閉じ、呼吸を整える。

心の中の私が、余計なことを考える必要はないよ、とささやきかけたその刹那、カ

メラの録画ボタンをONにしていた。

——こんなおとなしい子でも、人を楽しませたい欲求を胸に秘めているんだ。

「伝説を、始めるよ」

葉月にさえ聞かせられない恥ずかしい言葉を、そっとつぶやき、自分を鼓舞する。

どきどきが、止まらない。

自己紹介とか、噛《か》んでしまいそう。

お堀に沿って並ぶ桜の並木を背景に、いざ!!

「どうもー、はづ吉《きち》です!」

「弥七《やしち》です!」

動画用の名前だ。二人、息を合わせて、

「二人合わせて、上田産まれの晴れ娘です!!」

声が、綺麗《きれい》に重なる。

決まった……!

「いやいや弥七ちゃん、上田で晴れ女って言っても、説得力ないっしょ、うちら」

「そりゃ、上田は年がら年中ほぼ晴れまくってるもんね。上田市生まれの人、全員晴れ女!」

二人でボケて、二人でつっこむ。息がぴったりすぎて気持ちいい。

「でもほら見て。桜の咲きっぷり、見事っしょ」

葉月、声がちょっぴり上すべりしているけれど、テンポは悪くない。

「うちらの動画デビュー、準備にめっちゃ時間がかかっちゃって、桜に間に合わないかもーって焦ってたけどさ、見事に開花が遅れてくれて、今がちょうど満開に！」

葉月が桜を指し示す。心の底から嬉しそうに。私も負けていられない。

「おかげで桜まつり、例年より期間を一週間のばして、今年はなんと来週までやってます、いえい！」

ぱん、と両手を打って、私もテンション高めにしゃべってみせる。早口気味で、心臓がどくどくと速打ちしている。

「んじゃ、はづ吉ちゃん、屋台がたくさんある、二の丸横丁まで行ってみましょー」

「あたし好みの激辛おやきも売ってるもんね！」

「ちょっと、はづ吉さあ、私、そんな地獄の溶岩みたいなの食べたら死ぬってば」

「弥七ちゃん、行くよ。突撃ぃ！」

我ながら、こなれていない。初めからこなれている人なんて、いない。

最初なので、なるべくお互いに名前を呼び合うようにしているけれど、それも不自然じゃないかって気になる。

とにかくもう勢いにまかせて、すべてを引っ張っていくさ。

私の中で期待がふくらむ。画面の向こうの、顔も名前も知らない誰かが、この動画を見て、くすっと笑ってくれたら、それだけで大成功。

屋台で食べ歩き、きゃっきゃとシェアして、真田十勇士のみなさんと記念撮影もして、真田神社で交互にお参りするシーンも撮って、お堀に浮かぶ花びら（こういうのを、花筏《はないかだ》というらしい）を眺めながら下手くそな俳句をひねって、その出来栄えのバカさかげんで大爆笑してみたり。

ステージでは、いろんな催し物を披露していて、居合の演武がかっこよかった。

動画のサムネイル画像は、桜に満ちた背景で二人が楽しそうに両手を拡げる写真に決めた。

土曜の、うららかな午後。

入学式を終えたばかりの当日、いきなり。

学校生活より何より、本当に始めたいことを、ついに始めた。

私たちの動画チャンネル「上田産まれの晴れ娘」は、ついに産声をあげたのだ。

高校生活に慣れつつある四月中旬すぎ。

気合いを入れて作ったデビュー動画は、二週間で五十人ちょいが視聴してくれた。チャンネル登録者数は九人。まあ、こんなもん。世間は甘くない。

でも「こんなもん」で済ませていたら、今後、動画配信者として、やっていけない。もっと数字を追わないとダメだ。

けれどむやみに数字を追うと、その数字は、この手からこぼれ落ちる気がする。

今の「晴れ娘」には、明らかに足りないものがある。その足りない何かさえつかめたら、きっと数字はあとから勝手についてくる。そう信じて、突き進むしかない。

その後に二本、合計で三本の動画をアップしたけれど、さざなみ程度の反響。

いいねの数は、微々たるもの。

だからコメントは期待していなかったのに、一人だけ「応援してます！」と書きこんでくれた人がいた。その「6月の調べ」さんの一言が、名もなき私たちに力を与えてくれる。

「誰かの心に届いてくれたなら、第一歩はやっぱり大成功だね」

そうだ。階段を十段飛びで登れるはずがない。第一歩の次の第二歩を、これから考えよう。

徒歩での登校途中、家の近所で合流した葉月とスマホの画面を愛おしげに眺め、二人でうなずきあう。

上田総合高校は、基本的に私服で通うことになっている。華のある葉月は、渋谷でも歩いていそうなストリート系がとても似合う。

それに比べて、私のメガネ顔は、やっぱり地味の極地。動画から聴こえる声も違和感がありすぎて、聞いてると死にたくなる。でもそれは、元から覚悟していたこと。

初めて公開した動画は、陰陽二人の女子がきゃっきゃと騒ぎながら、桜まつりを練り歩くだけの薄い内容にすぎないけれど、編集した私としては、あちこち緻密に計算したつもりだ。ものすごく、頑張った動画なのだ。

会場を二人で歩きながら、だらだらと取り留めのない話題で盛り上がってゆくシーンも、視聴者が一緒になって会話に参加してる気分になれるよう配慮してたつもり。テロップの読みやすさやタイミングも、シビアに調整したつもり。

……もちろん、経験不足で、自分では気づかないところでミスしたり、拙《つたな》かったりする部分もたくさんあるに違いないけど。

ただひとつ、身にしみて理解できたことがある。

「動画ってさ、企画一割、撮影一割で、残りぜんぶが編集って話、本当だよね」

葉月と苦笑しあう。動画配信は、派手な部分なんて少しだけ。むしろ地道な作業こそ重要なんだ。

「それ、めっちゃわかるわー。あたしも分担したけどさ、結局、半分以上が弥生の作業になっちゃったし。あたしがやったとこ、すごく下手くそで、へこんだわー」

「まだ始めて三本しか出してないんだし、これからだよね」

学校の廊下を二人で歩き、お互い笑顔を返しあうと、胸がじぃんと甘くしびれる。

結果はふるわなくても、今、私は幸せだ。

両親の意見に縛られて、やりたいことに背を向けてきたこれまでの年月が、ばからしくなってくる。真夏の太陽のような葉月の行動力が、私を固めていた氷を残らず溶かしてくれたんだ。

そんな私たちを、女子の一群が後ろから追い越し、感極まった叫び声を上げる。

「ジュンジュンがいるってさ！」

まっすぐに伸びる廊下の向こう側、教室二つ分の距離に、人だかりができている。

超絶有名人だから仕方がない。

この高校では、理性を超えて無茶はしないという生徒への信頼があるおかげで、学校側はこうした騒ぎもあまり注意しないでいてくれる。

ジュンジュン。

ショート動画の「ＣｈｉｋＴａｃｋ《チックタック》」で活躍する、同世代のインフルエンサーだ。

全国の小中高生に名前が知れ渡っている、ダンス系動画の女子高生。そんな雲の上の人と同じ空間を共有して、同じ空気を吸っているなんて信じられない。

ネットには、ジュンジュンの詳しい個人情報は出回っていない。そんなのを言いふらす人がいたら相当やばい奴だしね。でも同じ高校に通うことになったおかげで、その本名も耳に流れ着いてくれた。翠尾樹音《みすおじゅね》っていうらしい。C組だ。

学校では目立たないようにしたいのか、長くてつややかな黒髪で顔をいくぶん隠し気味にし、黒縁メガネで印象を変えているけれど、それで華やかさをごまかせるものではない。しかも男子人気より同性の女子人気が高いことを、リアル世界でも体現しているような囲まれっぷりだ。

葉月は昂奮気味に、リスペクトに満ちた声を震わす。

「ジュンジュンって、動画だと超絶かわいいけどさ、実物はもっと美形なんだね」

「うん、まるで韓国のアイドルなみに、整ってるよね」

同じ人間とは思えない、圧倒的存在感の確かさ。

うらやましい、妬ましい、憧れるし、尊敬しないではいられない。

でも私たちだって、プラットフォームは違うけれど、同じ動画配信者なんだ。

あちらはショート動画がウリのＣｈｉｋＴａｃｋで、こちらは動画界隈で定番の、ＷｅＣｏｏｌ。

すごく高くて美しい山を遥か彼方に眺めながら、私たちは自分の山を登ろう。

ジュンジュンはたくさんのファンに囲まれながら、気取ることもなく、その整った顔立ちでただただ微笑んでいる。

――と。

ほんのわずかな間だけ、ジュンジュンと目が合った。そんな気がした。

それは永遠にも似た、奇妙な数瞬だった。

こちらを観察するように、じっとこちらを見つめつづける。

最後には、わずかに眉を寄せ、またファンの子らとの交流へ戻った。

勘違いでなければ、あまり良い印象の眼差しではなかったような……。

私、知らないうちに失礼なことして、ジュンジュンに嫌われてた……？

まだ一度も直接お話ししたことすらないのに。ましてや、私たちの「晴れ娘」を知っているとも思えない。開設して間もない零細チャンネルだし、動画ではマスクで顔は半分見えないし。

ただ、チャイムが鳴って、みんな慌てて教室へ駆けこむ中、ジュンジュンはもう一度だけ私たち二人のことを、ちらっと見た。それだけは確かだ。

それはぞっとするほどに、笑顔が消え去った冷たい視線だった。

「ねね、あたしたちのこと、見てくれたね。オーラのお裾分けとかしてくれたかな」

すぐ隣で無邪気に喜ぶ葉月の声が、どこか遠くで響いている感覚がした。

目次

第1話　ぶっさせ、上田産まれの晴れ娘！

どうして動画配信なんかをやりたいのだろう。

そんなことを訊《き》かれても「わからない」としか答えようがない。

私が幼い頃は動画配信の黎明《れいめい》期で、動画配信者のことはあまり世間に認知されていなかった気がする。

幼稚園の頃からだったたか、お父さんから借りたパソコンやタブレットをいじりながら、気がつけば、ごく自然に動画に触れていた。

平仮名すらおぼつかない幼児が、真剣な顔で画面を喰い入るように見つめる姿は、さぞかし微笑ましかっただろう。

アプリを開けば、そこには面白いことをする人や、変な実験をするお兄さん、歌を作って発表する歌い手さんなど、バラエティ豊かな世界が広がっていた。

文字は打てなくても、何かを視聴すれば、次にいくつもの別動画が紹介される。サムネイル画像で面白そうなものをクリックあるいはタップし、また次の動画が出てきたら、それをじっと見つめ……。

「こんにちは、いするぎやよい、です！　きょおのきかくは、おもしろダンスです」

なんて、動画配信者の挨拶を真似して自己紹介するまで、そう時間はかからなかったと思う。親や親戚の前で披露しては、面白がられていた。

どうやら動画配信者のみなさんは「きかく」というものを立ててから「さつえい」をしているらしい。それを知ってからは、ノートに自分なりに思いついた「きかく」をびっしり書きこむようになっていった。

もちろん「きかく」が「企画」というものであるなんて、知るよしもないくらい幼い頃のことだ。

いわゆる陰キャと呼ばれるタイプの私だからこそ、楽しい雰囲気でいろんな企画で陽気に人を楽しませる「動画」の世界に、強く憧れたのかもしれない。

小学生になったあたりで、世間にも動画配信者のことがじわじわ認知されてゆき、それにつれて、動画のまねごとをすると親に叱られたり、その他の大人にたしなめられたりするようになっていった。

炎上、と呼ばれるものが存在することを知ったのは、少し経ってからだ。テレビに比べて、あまりにフリーダムすぎる動画の世界では、よろしくない一線を越える配信者もいて、そのせいで動画はぜんぶそんな人だらけという偏見が拡《ひろ》まったらしい。

子供なりに周囲の空気を読んで、動画の真似を人に見せることはなくなっていったが、それでもひそかに企画ノートは冊数を増やしていった。

動画は私の原風景。

「好き」に理由なんて必要ない。

だから私は、動画をやりたい動機を訊かれたら、笑顔でこう答えるしかない。

「はい、さっぱりわかりません。でも好きなので」

そんな私なのに、一度は動画への情熱を封印しなくてはいけない時期があった。

葉月が、その封印を強引にこじ開けるまでは。


「エグい画《え》づらだよね……」

二人の目の前には、富士山かと思うほどてんこ盛りの、お蕎麦《そば》。

これを女子高生が食べ尽くしたら、さぞかしインパクトがあるだろう。

いわゆる「撮れ高」というやつだ。動画を見る人が、画面の向こう側で「え、これを女子が食べるのか！」と驚いてくれる様子を想像すると、ぞくぞくわくわくする。

とはいっても、私としては最初から狙ったつもりはなかった。

市街地から、ちょっと外れのほうに歩いていったところにある「武士蕎麦」さんで、容赦のない大盛りを頼んだら、こんなことになった。

他のお店で見るよりもずっと太い麺だ。

「激辛系は、あたしが担当するにしても、大喰い系は弥生の担当で」

無責任に言い放つ葉月は、しれっと普通盛りを頼んでいた。それでも、他店で言うところの超特盛りに匹敵する量だけど。

「あれえ、葉月ちゃん。少食なのに今日はがんばって普通盛りなのね。そちらのお嬢さん、本当に大盛りで大丈夫？　そんなに身体が小さくて痩せっぽちなのに……はい、これ天ちらし。おばさんからのおごりね」

葉月の伯母さんが、テーブルへ天ぷらの盛り合わせを置いてくれる。

「伯母さん、言ってることとやってることが真逆じゃん。なに増やしてくれてんの」

葉月は、早くも動画配信者への道のけわしさに、音《ね》を上げかけている。

大喰い企画は、動画ネタの定番。伯母さんが働くこの名物蕎麦屋さんは、まさにうってつけ。しかも土地の名産品だ。

「さ、早いうちに食べて」

そうだ、天ぷらは熱いうちに食べるのが鉄則。じゃないと、せっかくの味が秒単位で落ちてくんだった。職人さんにも申し訳ないことになる。でもその前に、

「えと、撮影のために、わざわざ二階座敷を空けてくれて、ありがとうございます」

ぺこり、お礼を伝えた。一階は他のお客さんが大勢いて撮影しづらい。だから、混んできたときに使う二階座敷を提供してくれたんだ。おかげで気兼ねなく撮影できる。

「若いって、いいわねえ。何にでもチャレンジできちゃう。頑張ってね」

伯母さんはお盆を胸に抱いて、廊下へ退《さ》がった。そのまま下へ戻るのかと思いきや、

興味津々で観察している。

……やりづらい。人の目を気にしていたら、動画配信なんてしてらんないから、これは必要な試練なんだろうけど。

迷っている暇はない。飛び上がるように三脚へ駆け寄り、設置済みカメラをチェック。画角はＯＫ。二人の姿とテーブルが、ばっちりフレームに収まっている。そのまま録画ボタンを押す。

テーブルでも、お互いのスマホを立てて設置。それぞれを見上げるアングルだ。

葉月と視線が合う。その目が、少しの緊張でうなずいていた。

「せーの……」

短い深呼吸。二人の声を、見事に重ねる。

「はい！　上田産まれの晴れ娘！」

「はづ吉です！」

「弥七です！」

「今日はね、県外のファンも多い『武士蕎麦』さんに来てます。見て見て、この信じられない盛りっぷり！　これで手打ちなんだよ。あと天ぷらも……て、弥七ったら、もう食べてるし」

「あふいっ、ほれ、ほいひいぃ」

自分のスマホで近距離撮影しながら、私は早くも箸をつける。「あついっ、これ、おいしいぃ」と言ったつもりだ。口の中の天ぷらを咀嚼《そしゃく》しきったところで、

「はい、ということで、今回のお題は……！」

「ドロドロドロドロ……」

葉月が、口でドラムロールを鳴らしてくれる。

「じゃん！【ソウルフード!?】長野県民なら、お蕎麦には無限胃袋を発揮するよね、をお送りします！」

「でもさ弥七、あたしのお父《とん》、やたら蕎麦打ちしたがるから、食傷気味なんだよね」

「ちょ、はづ吉、お蕎麦屋さんで、それ言うん？」

「いや、食べる。蕎麦は、長野県民に生まれた宿命だから」

葉月が、大袈裟《おおげさ》な覚悟を固めている。まるで斬り合いにのぞむサムライだ。

なお、画角を巧みに工夫し、顔を直接撮《うつ》さないようにしている。たとえ映ってしまっても、編集で隠せばよろしい。

蕎麦つゆとは別の、黄金色の天つゆへひたして、さくっとかじると、揚げたての軽やかな風味が、口の中いっぱいに拡がる。

一時、これが撮影だということを忘れかけて、幸せの園へ心が羽ばたいていった。揚げ油の香りと、エビのぷりぷりした歯応えが、言葉にできない余韻を残す。

いや、待て。ここはお蕎麦屋さんなんだ。まずは蕎麦の風味から始めるべきだったかも。お水で一度、天ぷらの味を舌からリセットする。

「もうね、この富士山みたいなお蕎麦、見た瞬間にテンションあがったよね」

その頂上から、太切りの蕎麦をすくいあげる。ふんわり、お蕎麦特有の香りが漂った気がした。

お店による違いが、それほどわかるわけではないけれど、この「武士蕎麦」さんのように、ここまで武骨に太いと、香りまで違って感じられる。

一口啜《すす》ると、爽やかなのに力強い風が、口から鼻へかけて吹き抜ける。

「弥七って、やっぱ食いしん坊だよね。食べてるときの表情とかぜんぜんいつもと違う」

「いや、そんなことより、さっきからつっこみたいと思ってたけど……量、違いすぎない？」

スマホをお蕎麦へ近づけて、普通盛りと大盛りを交互に見せつける。

「そうは言うけどさ、これでも他んとこの大盛りに匹敵よ？　弥七がエベレスト級だとしても、あたしのでも浅間山くらいあるよ？」

あーだこーだと、言葉の掛け合いをしながら、カメラのことも忘れてわいわいとしゃべくりたおす。楽しい。

撮影を進めながら、心のどこかで疑問がふくれあがりつつある。

――これ、面白いか？

大喰い企画そのものは、動画の定番だ。それを無限胃袋と称するのも同様。

かつて小学生の頃から温めてきた企画のひとつで、ついにそれを消化する機会がめぐってきたのだけど、

(所詮は小学生のアイデア。わくわくしながら書いたつもりでも、結局はどこかで見たものを真似したにすぎない)

私たちならではの何かが、足りない。

「ほら、弥七がハイペースで啜ったおかげで量が同じになったから、条件は対等だね」

「ずるいよ、はづ吉。私ばっかり食べてて、そっちは箸がちっとも進んでないじゃん。最初のてんこ盛りな証拠映像は残ってるんだからね！」

葉月はこういうわかりやすいズルでツッコミどころを作っては、相手を笑わせる。

「はい、ここで編集メモ。弥生のスマホで撮った画像を差しこんで『これが証拠だ』とテロップ入りにする。どう？」

撮影の途中で思いついた演出案は、そのまま撮影の中に盛りこむことにしている。あとでその部分をカットすればよいだけだし、最も機動性の高いメモになる。

「うん、いいと思う」

「よっしゃ！」

ああ、私は一人じゃない。こうしてきゃっきゃとはしゃぎながらも、葉月は葉月で演出を考えてくれているんだ。傍目には単に騒がしく、何も考えていなさそうな陽キャだけど（失礼！）。

（そんな葉月の魅力を伝えられるような企画を思いつきたい）

動画のキモは、楽しそうな企画や面白そうなアイデアも重要だ。

でも、それ以上に視聴者を、特に同年代の視聴者を惹きつけるのは、

（こんな人と友達になりたい……そう思わせる人柄と雰囲気なんだ。葉月なら、それを持っている。動画に嘘《うそ》があれば、視聴者はすぐ見透かす。だから、何にも動じない「真」を映すのが、今度の「晴れ娘」の課題だ）

今さら、この蕎麦企画に画期的な何かを加えるのは、不可能。

だったら可能なかぎり、葉月のよさを私が引き出す。

「あっ、お蕎麦の国からやって来た、蕎麦王子が飛んでる！」

「え、どこどこ！」

そんなバカなことがあるわけないけど、陽キャ的ノリとして、葉月はこのボケに乗っからないではいられないはず。

案の定、葉月が窓の外へ顔を向けたその隙に、私の蕎麦をざっくりたっぷり移す。

「そんなのいないじゃ……まじか、蕎麦が増えてるし！」

にやり、私はカメラへ向かってささやく。

「お察しの方もいらっしゃるかと思いますが、はづ吉は愛されバカです」

いい気分で体勢を戻すと、

「え……私のが増えてる」

「えー視聴者のみなさん、お気づきかと思いますが、弥七は間の抜けた策士です」

にたにたと、葉月がカメラに親指を突き立てる。

よし、乗ってきた。少なくとも、かつて葉月がクラスの仲間とわいわい賑《にぎ》やかにしていたノリの一端を、再現できたはず。

陰キャでとおっていた私は、その輪に入ることなく傍観していたが、今は二人きりで掛け合いを楽しんでいる。

その後も大騒ぎしながら撮影をつづけたが、今回はこれが精一杯。笑顔をふりまきつつも、私の胸の中では、次回はもっと考えぬいて準備しようとリベンジに燃え、思考が回転していた。

「ダメだ、あたしは真の長野県民じゃなかった」

座敷の畳に上半身を投げ出し、葉月が敗北宣言する。

天ぷらが追加された分だけ、お蕎麦を残す羽目になったみたい。

「しょうがないなあ」

私はニコニコと、葉月の分の丸いセイロを引き寄せ、残りを引き受けた。

「ちょ、弥七ってば、何やってんの。人が口をつけたのなんか食べたら、変なのに感染するってば」

「はづ吉ウイルスとか？　症状は陽気でおしゃべりになるやつだね。ずるずるずる……はい完食。よい子は真似しちゃいけないよね」

「弥七の食べ方ってさ、すごく綺麗で親の躾《しつけ》が感じられるよね。でも人の残りに手を出すとか、上品なのか下品なのか、よくわからんやっちゃ」

葉月があきれ口調で感嘆するとおり、私の食べた跡は、蕎麦のかけらひとつ、天かすひとつ残していない。

蕎麦ちょこへ蕎麦湯を注ぎ、本日の仕上げにする。

鰹出汁《かつおだし》が利いたつゆと、どろりとした蕎麦湯の香りがあわさって、心が洗われるような気分になる。お蕎麦屋さんでは、蕎麦湯がお茶の代わりである。

「はい、それでは結果として、私は真の長野県民、でもはづ吉はエセ長野県民ということが発覚しました！」

エセ呼ばわりされたことをごまかすように葉月は、

「てなことで、てんこ盛り蕎麦、無限胃袋ミッション、コンプリート！」

まるで自分こそが完食制覇を果たしたかのようなテンションだ。

「いえい！」

二人、テーブル越しのハイタッチで締めくくった。

今回の動画を象徴するサムネイル画像は、富士山なみにてんこ盛りの蕎麦を前に、二人で驚いている写真にした。

――これが面白かったかどうかは、自分たちでは判断がつかないけれど、一週間かけた視聴数は五十三回。登録者数の増加はプラス四人で、合計三十三人になった。

ゴールデンウィークの初日。

一時間に一本くらいしか出ない上田電鉄は、とてものんびりしていて、二両編成で別所《べっしょ》温泉までの田園風景を走る。

上田駅から出て三十分の距離にある終点の別所温泉駅は山の中にあって、緑に抱き抱えられた中に、湯煙がふわりと舞い踊る場所だ。

源泉掛け流しのお湯が、深く切り立った岩床の川へ注いでいる、情緒たっぷりの温泉街なのだ。

今日の撮影は、こののどかな電鉄の車窓から見える風景を眺めながら、女子トークを繰り広げる予定。

残念ながら旅館に泊まるような資金力などない上に、友達との外泊を許すような両親でもないので、別所温泉内に点在する日帰り温泉を堪能しようという主旨。

とはいえ。

発車して間もなく、それどころの心境ではなくなった。

動画界の超大物が、同じ空間に存在していると悟ったからだ。私も葉月も心の中が穏やかではなく、しきりに顔を見合わせている。鼓動も激しい。

つい先ほど、私たちより少し年上くらいの女性が、電車のシートから立ち上がったかと思うと、車内にいるお年寄り夫婦と、小さい子供の家族連れ、それから私たち二人を順にめぐって、

「すみません、これから動画の撮影をします。電鉄さんの許可は得ていますが、みなさんを撮さないよう気をつけますので、ご了承ください」

などと挨拶を始めたのだ。

私も葉月も、相手の顔を見た瞬間、すぐわかった。「空《そら》っちチャンネル」という動

画配信者で、登録者数は百十万人。

活動歴は五年で、今も上昇中のベテランさん。高校一年の当時はぜんぜん盛り上がらなかったものが、粘りづよくつづけていった結果、じわじわ登録者を獲得していった人。

空っちさんの存在に気づいたときには、すでにカメラを回しながら、取り留めもないトークを繰り広げていたので、私たちも動画を撮っていることがバレているかもしれない。だとしたら、とても恥ずかしい。

あんな大物がいる空間で、こちらも動画配信者なんです、みたいなアピールなどできっこない。気まずくて、二人ほぼ同時にカメラを膝へ下ろしていた。

いつも強気で陽気な葉月までもがそうなのだ、弱気になったのが私だけではないことに、妙な安堵《あんど》感を覚えた。

とりあえず車窓から景色を眺めつつ、気をそらす。

親に別所温泉へ連れられるときは、いつも車だったせいで、上田電鉄を利用するのは今回が初めてだ。

もっと田園風景がつづくかと思ったら、生活感あふれる住宅街の中を電車は走ってゆく。観光客よりも地元の利用客が大半をしめているようで、停車ごとに一人、二人と無人駅へ消えてゆく。たった三十分の間に十五駅も存在するのだ、市民の足としての機能にこそ意義がある路線なんだと実感する。

たまに小さなりんご畑を通過する。白くて可憐な花が咲き誇っている。目を引くのはそのくらいで、想像していたほどには情緒豊かな列車旅にはならない。

けれど、同じ車内にいる空っちさんはとても興味深い様子で、

「やほ、空っちチャンネルっ……です！　今回のあちきは、女子の一人旅企画の一環で長野県上田市に来ています。なのでスタッフはなし。女性の一人旅を応援してくれる温泉宿に泊まって、優雅に過ごすつもりです、いえい！」

本当に撮影が始まった。そりゃそうなんだけど、オーラが違う。お年寄り夫婦や家族連れは何も気にしていないから、私たちが一方的に萎縮しているだけなのだが。

動画だけで食べていけている人の前では、私たちのやっていることなんて、まさに高校生のお遊び程度でしかないだろう。

しかも、空っちさんは車内の人たちにきちんと挨拶をしたのだ。私たちは、自分たちだけが映っていれば迷惑にはならないだろうと考えて、それを怠っていた。

知らない人に話しかけるなんてハードルが高いし、拒絶されたらどうしようと不安だったし。何より、胡散《うさん》臭い目で見られるのが怖かったのだ。

でも空っちさんは、ちゃんと筋を通したことで好意的に受け入れてもらえたんだ。

なるほど、撮影に慣れた大人の配信者というのは、彼女のような人のことを言うの

だろう。

やがて。

「あの、すみません」

うなだれていた私たちの頭に、唐突に声が降り注ぎ、心臓を突き刺した。おそるおそる見上げると、カメラを手にした空っちさんが目の前に立っていた。

「もしかして、地元の方です？」

至近距離で微笑む空っちさんは、少し大人びた可愛さで、好奇心旺盛な光が、その瞳に宿っているようだった。動画の中で見る姿より、ずっと礼儀正しい。

世間が勝手に抱いている、動画配信者への「厚かましくて軽薄」「モラルを平気で無視する」といった印象とは、まったく無縁だ。

息を吸うのも忘れたまま、どぎまぎしていると、隣の葉月が元気よく挙手した。

「はい、地元の高校生です！」

声が若干すべっているから緊張しているのだろうけど、それでも反応がちゃんとできたのは、いかにも葉月らしくて頼もしい。半ばヤケクソ気味ではあるけれど。

「駅で撮影許可をもらってたとき、駅員さんが言ってたんです。『今日は他にも動画を撮りたいって子らがいたなあ、地元の高校生みたいだよ』と。もしかして、あなたたちです？」

別に機密事項ってわけでもないけれど、こういうのを情報漏洩《ろうえい》というのではなかろうか。しかし、それがありがたい。

「よかったら、即興コラボしませんか？」

動画配信者が他の誰かと遭遇し、その場で即興的にコラボ状態になるのは、たまに見かける。たいていは、お互いの挨拶程度で終わるけど。

でもそれは原宿だの渋谷だの、動画配信者が密集しやすい大都会での話だ。まさかこんな山に囲まれたローカル鉄道でめぐりあうなんて。

（いや、でもここ上田は観光地でもあるんだし。テレビのロケとかで、芸能人も生で見たことあるくらいだし。だったら動画配信者さんだって……）

それにしたって、幸運すぎる。

「やっぱ弥生って『持ってる』んだよ。こんなチャンス、逃しちゃダメだよ」

葉月が、そっとささやく。相手にまる聞こえだけど。

「よよよよろしくおなげいしまふ！」

盛大に噛んでしまったが、意志は伝えた。

「ありがとうございます！」

空っちさんは笑顔で丁寧に頭を下げると、途端にモードが切り替わった。

私たちの隣に座ると、

「あれ、二人で何か撮影してるの？　もしかして動画とかやってる？」

なるほど、遭遇シーンから始めるらしい。私はスマホを、葉月はビデオカメラを構え、口々に、

「そそ、そうです！」

「じじ、地元の女子高生でーす！」

ひきつった笑顔で答える。さらに葉月は、

「高校に入学したのをきっかけに、二人で始めました。まだ一か月くらいしか経ってません！」

さすが、順応が早い。必要な自己紹介的情報を、さらっと出してくれた。

「へえ、高校一年からって、あちきと同じだね。チャンネル名とか、よかったら教えて！」

空っちさんが、カメラを構えながら目配せをしてくる。これは、自分らの定型挨拶をやってみてという合図に違いない。電車の中でやるのは恥ずかしいから、乗る前のプラットフォームで挨拶シーンは済ませていたけれど、二人して覚悟を固め、呼吸を合わせてうなずき、

「どうもー、はづ吉です！」

「弥七です！」

「二人合わせて、上田産まれの晴れ娘です‼」

恥ずかしい。向こうの席の家族連れはニヤニヤしているし、お年寄り夫婦は何事かと目をむいている。

どうせなら、上田は晴れる率が高いから、晴れ女を名乗っても説得力がない、というボケをこの名前に込めてます――と説明したかったけれど、そこまで時間をもらうのは無理だ。

「じゃあ、あちきも負けずにもう一回。やほ、空っちチャンネルです！」

空っちさんの決めポーズに合わせ、とっさに、私たち二人も真似する。

緊張の中でも呼吸が合ったこの奇跡的ファインプレイ、実に心地よい。

「あちき、これから別所温泉なんだけど、おすすめのポイントとか、ある？」

「常楽寺《じょうらくじ》！」

葉月がまっさきに声をあげると、私たちは交互に、

「岩湯！　たった二百五十円で入れる日帰りの湯で、文豪の石碑があります！」

「前山寺《ぜんさんじ》！」

「あかつき食堂の馬肉うどん！　甘辛い馬肉の風味が柔らかいうどんに絡んで……」

「北向観音《きたむきかんのん》！」

「ちょっと、はづ吉さあ、さっきからお寺しか言ってないじゃん！」

「でも実際、お寺だらけだよ。あたしっておばあちゃんっ子だったから、小さい頃からよく連れ回されてたんだ。特に北向観音さまは、レトロちっくな参道が味わい深いし、境内から上田の市街地が一望に見渡せる絶景スポットだしさ」

「ＯＫ、わかった。晴れ娘さんたち、ありがとね。あとで行ってみる！」

うちらの出番は、どうやらここまでらしい。

空っちさんはお礼を言って、元の席へ戻っていったようだけど、頭の中が真っ白で、記憶も何もあったものじゃなかった。


別所温泉の湯は透明で、よく観察すると湯の花がふわふわと舞っている。温泉成分が凝固した小さなかたまりだ。それを慎重に指ですくいあげ、二人して匂いをかいでみては、またはしゃぐ。かすかな硫黄《いおう》の香りだ。

八角形の屋根をもつ東屋《あずまや》で、同じく八角形の足湯に浸りながら、時おりぱしゃぱしゃと足でかき混ぜ、取り留めもない雑談を交わす。

背後には、駐車場をはさんで、北向観音の石垣が高くそびえ立っている。

ほどなくして……他のお客さんが去っていった。

このときを待っていた。二人、目をきらりと光らせ、さっとへアバンドとマスクを装着し、撮影態勢へ移行する。

「ぶっさせ！　上田産まれの晴れ娘！」

「はづ吉です」

「弥七です」

二人、ピースを自分の頭にぶっさすポーズで、名乗りをあげる。

先ほどの出会いで昂奮が冷めない中、ちょっぴり挨拶を変えてみたのだ。

とにかく元気いっぱいな雰囲気にしてみたくて、最終的に考えた挨拶が、ピースサインを自分の頭に突き刺しながらの「ぶっさせ！」だった。

私が左側、葉月が右側で、それぞれ頭上へのぶっさしピースをやると、二人のシルエットが合わさって、ハートマークのようになる。

「さて、他の人が足湯からいなくなったし、ついに『晴れ娘』が大暴れするよ」

「でも、はづ吉。何をどう暴れるのか、わかってる？」

「これでしょ、これ。足湯なんだから」

ばしゃり！

真正面に座った葉月が湯を蹴って、私を濡らす。思った以上にかかったし、硫黄の香りがよりいっそう鼻をおおう。

「お湯があれば、必ず勃発する争いだね。ああ、人はなんて愚かな……」

嘆きつつ、葉月へ仕返しを喰らわす。

「でもこれ、互いに掛け合うばかりじゃ、あっという間に二人ともずぶ濡れだよね」

前髪からしずくを垂らししつつ、葉月が情けない顔で疑問を投げかける。

「しかも、足でやると飛び散りすぎて迷惑になるから……これを使いまーす。ピンポイントで相手の身体だけにお湯をかける秘密兵器！」

リュックから、水鉄砲を取り出し、不敵な笑みで構える。

それを受けて、葉月がドラムロールを口ずさむ。

「今日の企画は、ドロドロドロドロドロ……」

「題して【仁義なき抗争】山手線ゲームで、びしょ濡れ銃撃戦！　はづ吉も持ってきたよね？」

「もちろん！」

葉月も同じくリュックから水鉄砲を……、

「え、待って、それ卑怯《ひきょう》じゃない？」

その手に構えているのは、黒光りするショットガンだった。

葉月のリュック、やたら中身がつっぱっていたけど。てっきり三脚か何かも用意したのかと思って、さすが準備が細やかだなあ、と感心していたのに。

「これ、たくさん入るんだよね。お父《とん》が、ぜひ持ってけって渡してくれたんだ」

嬉《うれ》しそうにキャップを開けて、ショットガンをお湯にひたす。ボコボコボコ、と不吉な太い音で装塡《そうてん》される。

対する私の水鉄砲は、百円ショップで調達した超安物で、性能の差は明らか。お湯を入れる際もショボボボ……としょぼい音がした。葉月の物とは、えらい違いだ。

「卑怯者ー‼」

そちらがそう出るなら、こちらにも考えがある。企画のルールを作るのは誰なのかを、今から思い知らせてあげようではないか。

「それではお題を発表します。古今東西、有名配信者ゲーム！」

「え、それ？　待って、それって弥七が絶対的に有利だよね。あたしもよく動画観てるけど、弥七には敵わないじゃん！」

「ふふふ、問答無用。なお、負けた側は罰ゲームとして、この液状の化合物を服用していただきます」

リュックから、ラベルを剝《は》がしたペットボトルを取り出す。透明の液体が詰まって、太陽の光を反射している。

「ジハイドロゲンモノオキサイドという物質なんだけど……通称、ＤＨＭＯ！」

「ちょっと弥七、それやばそうじゃない？」

これは、ネットでは昔から鉄板ネタで、そこそこ有名なはずだけど、どうやら葉月は知らなかったらしい。にやり、内心でほくそ笑む。

名前は仰々しいけれど、単なる水なんだよね。物質名を化学的に言いなおしただけで。面白いから、ちょっと脅してあげよう。

「まあ聞いてよ。この無味無臭の液状物質は、人の肺に混入したら、まず間違いなく死に至るし、酸性雨の主成分でもあります。金属を腐食させる性質がある上に、地球上のあらゆる物質を融解させる力もあります。日本語名は一酸化二水素といいます」

　説明が進むたび、葉月の顔が青くなってゆく。そりゃ溺《おぼ》れたら死ぬし、雨の主成分だし、鉄とかも錆《さ》びさせるよね。水だから。

「で、でも弥七のことだから、ちゃんと安全策とか考えてあるんだよね？」

「安全？　私たちは動画を盛り上げるためなら、リスクも問わない覚悟だよね」

　邪悪な笑みを作って、透明のペットボトルを見せびらかす。困惑を通りこして恐怖に引きつっている葉月の様子が、とても面白い。

　でも、えーと、そろそろ気づいてよ。一酸化二水素は、H_2Oだよ。

「じゃあ私からいくね。はい、ぱんぱん、空っちさん！」

「ずるい、さっき出会ったばかりで、一番わかりやすいやつを……ぱんぱん、カムカムドット！」

「ぱんぱん、ピカ金さん！」

「だからずるいって、わかりやすいのからつぶすの。ぱんぱん……えーと」

必死の葉月が、目を泳がせる。

「リズムを崩したら、負けね」

私の銃が、水を噴いた。葉月の胸が少し濡れる。それもジハイドロゲンモノオキサイドだよ、葉月。

「うへえ……」

「はい、ぱんぱん、ムック&エリナ・ティック」

「ぱんぱん……にくそうめん・ミックさん」

「はい、ぱんぱん、おわり部長」

「ぱんぱん……あー、えっと……」

私の銃が、またも水を噴いた。

「はづ吉、どんなに武器の性能差があろうとも、それを使えなければ意味がないのだよ、ふっふっふ」

葉月が悔しそうに頰を歪《ゆが》め、ショットガンを胸に抱く。いいぞ、それが撮れ高だ。

「はい、ぱんぱん、中国が産んだ神秘の不美人・馬塔索《まあたあすぉ》さん」

「それ、あたしがやっと憶いだしたやつ。取っちゃうなんて、ひどい！」

「はづ吉がパワー系の銃なら、私は頭脳戦で乗り切るの」

愉悦のままに、またも葉月を濡らしてやる。

結果……。

圧倒的勝利を収めた私は、ずぶ濡れの葉月を指差してけらけら笑う。

「い、一発も撃てなかった……バカな！」

「はい、罰ゲームのジハイドロゲンモノオキサイド」

ペットボトルを差し出すと、迷いに迷った挙句に葉月がキャップを開け、ひとおもいに口へ流しこんだ。

「ぷはー、これ、水に似てるね……」

「うん。わかりやすく言えば、そうなるね。肺に入ったらやばいし、金属も錆びさせるし、酸性雨の主成分だし」

「………」

うなだれた葉月が、ショットガンを構えたまま肩を震わせている。

「あれ、はづ吉……？」

やりすぎちゃったかな。少しは加減したほうがよかったのかもしれない。そっと近づこうとした、その瞬間。

「ぶははは、やけっぱちになった敗者が何をしでかすか、身をもって思い知れ！」

豪快な悔し笑いとともに、ショットガンが大量の水を吐きだした。

それはもう、小さな虹がかかるほどの飛び散りっぷりだ。

「ちょ、やめてはづ吉、うひゃあ！」

「あひゃひゃひゃ、だめー。ジハイドロなんちゃらのせいで、おかしくなっちゃったもんね。こうなったら、誰もあたしを止められない！」

あっという間に、葉月以上のずぶ濡れとなった。

服も髪もしずくを垂らし、互いを指差しながら、大笑いする。

「二人とも、ジハイドロゲンモノオキサイドまみれ」

もともと負けず嫌いの葉月だけど、それを上回るのが、盛り上げ欲求だ。昔からヒール役を買って出ては、最後には痛快にやられる。そこまでが葉月メソッドのワンセット。

だから卑怯者呼ばわりされるのを前提で、オーバースペックな水鉄砲を取り出したときには、さすが葉月だ、と感心した。

きっと何かを仕掛けてくれると信頼していたから、私もそれを超える勢いで葉月を完封するための準備をしてきた。

それがぴたっとはまって、とても気持ちいい。

ああでも、ちゃんと足湯の建物を拭かなきゃ。後始末がちょっと大変だ。

「あ、まずいよ弥七、他のお客さんが来る」

駐車場から、年配のグループがよちよちと近づきつつある。

「やばいやばい、早く椅子《いす》とかタオルで綺麗に……あっ」

慌てたせいで、こけた。スカートの下半分と両腕の袖がひどいことになった。

「くっ、かくなる上は、弥七の分まであたしが拭き掃除を……わわっ」

タオルを手に、てきぱきと動き出したはずの葉月が、尻餅をつく。

「あれえ、お嬢ちゃんたち、大丈夫？」

やって来たおばあちゃんたちに助け起こされ、親切なタオルふきふき攻撃を喰らった。

唯一の救いは、カメラをお湯から守り通したことだけだった。

本日のしめくくりとして、北向観音さまの境内へ移動する。

葉月が空っちさんへ自慢したとおり、緑の山稜《さんりょう》に抱かれて銀色に輝く上田市街地をはるかに見渡せる絶景地だ。

視線を少し下へ向けると、湯川の向こうに、先ほどの足湯の東屋を見下ろせた。親切にしてくれたおばあちゃんたちが、世間話に興じている様子が見える。

白い石でできた玉垣に手を置きつつ、濡れた衣服を気持ちよい風にさらす。

乾くにつれて、硫黄の香りが少しずつ強まってゆく気がする。

「それにしてもさ、空っちさんと出会えるなんてすごいラッキーだよ。まだ昂奮してるけど……まあ甘くはないよね。これで視聴数も登録者数も爆上がりってことには、ならないだろうから」

「え、何で？　毎回、数万ビューも稼ぐ配信者さんの動画に、ちょっとでも出演できたんだよ？」

「考えてもみてよ、葉月。がっつり正式にコラボしたのなら話は別だろうけどさ。これまで有名配信者の動画にちょぃと顔が出ただけのマイナーな配信者が、それで有名になれたことなんて、ないでしょ」

「ああ、そっかぁ……そりゃ、わざわざチェックしようって気にはならないもんね。たとえ概要欄で紹介してくれたとしても。でもさ、あのノリは結構いけるんじゃないかって期待……」

「たぶん、いろんな人がそう思うだろうね、自分のことに関してなら」

私の言葉に、葉月が絶句してこちらを見つめる。やがて、葉月は苦笑しながら、

「弥生は、自分にやたら厳しいよね、ストイックっていうか」

そんなつもりは、ない。ただ過度な期待に寄りかかるのが怖いだけ。

つい甘い見通しに頼ると、あとで痛い目に遭うに決まっているし、自分の姿を冷静に観察しておかないと、一生ずっと底辺のままだ。

慎重すぎるのかもしれないけど、アクセル役を葉月が担ってくれているから、私は

ブレーキ役に専念できる。

この企画は正解なのだろうか、誰かを傷つける内容になっていないか、独りよがりになっていないだろうか……。

強すぎるブレーキで、自分を三年間も縛ってきた私を、葉月は強烈なアクセルでぶち破ってくれた。その推進力を信じるからこそ、今度は適切なブレーキで晴れ娘としての活動を進めていきたい。葉月と私は、そんなコンビでいたいと思う。

とはいえ、私の態度が葉月を不愉快にさせただろうか。少し不安になってその横顔を覗《のぞ》くと、

「単なる夢と、本気の夢との違いだね……その厳しさは。本気の夢を持っている子って、まわりを巻きこむ吸引力を持ってるんだよ。例えば、あたしとか」

よくわからないことを、葉月はつぶやいた。

「子供ってさ、将来何になりたいかなんて、ころころ変わるじゃん。でも弥生は幼稚園の頃からずっと変わらない夢を育ててきたんだよね。それは、すごいことなんだ」

あまりに真面目な語りだったせいか、葉月は自分で言って自分で照れて、ふふっと微笑んでいる。

その後はしばらく無言のまま、思考にからめ取られ、ぼんやりしていると、

「お話どおり、すごくいい眺めですね」

唐突な背後からの声に、かなり驚かされた。空っちさんだ。旅館の可愛いピンクの浴衣に着替え、借りた下駄をカランコロン、じゃなく砂利の上をザリッザリッと音を立てながら、近寄ってきた。

二人とも再び緊張していると、

「ほんと、来てよかった。六文銭の露天壺湯で早速ひとっ風呂あびて、飲み放題の味《み》噌《そ》スープを味わって、湯の香りに囲まれながら、いい景色も眺めることできて」

目を細めた空っちさんが玉垣へ手を置き、遠く上田市街を眺めわたす。

「あああああの、空っちさん！」

勇気を出して手を挙げた。今を逃したら、もう二度とチャンスはない。

空っちさんは自撮り棒を持っているし、すぐにでもこの眺望と自分を撮影したいはず。それが済めば、すぐ戻るに違いない。だからその隙間を狙って、束の間でもいいからベテランの話を聞かせてほしい。

その空っちさんは、笑顔でまっすぐこちらを見つめ、聴く態勢をとってくれた。

萎縮しそうな心を奮い立たせ、心の中に「今しかない、今しかない……！」と呪文を唱える。必要なのは、遠慮をかなぐり捨てた蛮勇だ。ブレーキなんてくそくらえ！

「空っちさんは、始めたばかりの頃から軌道に乗るまで、どんなふうに頑張ってきましたか！」

ダメだ、質問の内容が曖昧すぎる。これでは答えようがないかもしれない。

「う〜んとね、裏から支えてくれるパートナーに恵まれて、一緒に泣いたり笑ったりはしゃいだりしてくれたから、ここまで来ることができたかな。今はスタッフが増えたけど、全員、信頼できる仲間だし、だから五年間ずっと頑張れた」

それなら、すでに叶っている。私の隣には葉月がいる。葉月には、私がいる。

「あとね、動画は嘘をつけないから、映る自分に気をつけてきた。性格はストレートに出ちゃうから。特に、等身大の友達感覚で視聴してくれるようなタイプの、空っちチャンネルみたいな動画はなおさら」

たしかに。

人柄は、にじみでる。

少なくとも、テレビよりかは、ごまかしが利かない気がする。もっと言うなら、視聴者は簡単に見透かしてしまう。私が視聴者の立場として、そうだったように。

そう考えにふけっていると、次は葉月が乱入した。

「はいはいはーい、もし炎上したら、どう乗り切りますか！」

割と聞きづらいことをストレートに……しかも晴れ娘にはまだ早い問題だ。でも空っちさんは苦笑しながらも、

「炎上は、誰もが避けられない問題だから、反省しながら、ひたすら耐える！」

身も蓋もない答えだった。

「実際さ、何をどうやっても、炎上するときは炎上するのよ」

空っちさんは、玉垣に寄りかかり、頰杖をつきながら遠い目で空を見つめ、

「匂わせ問題で炎上、うっかり行動で炎上、考えたネタがダサすぎて炎上、親戚が犯罪者で炎上、何なら自分が犯罪をやらかして炎上、つい甘く考えて炎上、結婚離婚で炎上。世間知らずすぎて炎上。明らかな落ち度があれば確実に炎上」

事例を列挙しながら、苦笑をもらした。

「自分が悪くなくても、視聴者の思いこみが暴走して炎上ってことも珍しくないけど……あ、これ内緒ね。事実でも、こんなこと言ってると知られたら、わたしが炎上しちゃう」

そういえば空っちさん自身も、有名配信者との匂わせ騒動で大炎上した経験を持っていた。名が売れてくれば、きっとどこかで炎上するものなんだ。

そんな経験を持っているせいなのか、動画仲間で炎上を喰らった人がいたら、誰がその人を避けようとする中、あえてコラボを持ちかけることが多いのが、空っちさんなのだ。仲間をけっして見捨てないその姿が、私は大好きだ。

「ただ、日頃から相手を思いやる気持ちを忘れないよう心がけてたら、最悪の炎上だけは避けられると思う。人のことをいじったりしない、とかね」

この人から、もっといろいろ聞きたい。アドバイスが欲しい。

でも、欲張りすぎて嫌われたくない。礼儀にも反する。

「あとね、動画の世界には、大人が少ないから気をつけて」

大人、とはどういう意味だろうか。空っちさんは少なくとも二十歳くらいで、充分に大人ではあると思うのだけど。

「ああ、大人って意味はね、つまり普通の社会をちゃんと知っている人のこと。そういう人たちの助けがないと、変なところでつまずいちゃって、社会的に批難をあびることにもなるのよ。俳優とか芸人とか、昔からの芸能界はそういう『大人』に守られてきてるけど、歴史が浅い動画界隈は、まだそうじゃない」

高校生になったばかりの私では、遠い世界の話すぎてピンと来ない。

「ちょっとお堅い話になってごめんね。勝手におしゃべりしすぎちゃったかも」

もっとお話をしていたかったけど、この辺が潮時だろうか。有名配信者さんの邪魔にはなりたくない。

「きょ、今日は本当にありがとうございました。即興とはいえ、ぷちコラボしてくださって」

「ううん、高校生配信者ってことでシンパシーを覚えたし、仲よし同士ってのもポイント高いし、そういうのって応援したくなっちゃう。わたしが協力できるのはこの程度だけど、いつか有名になって、わたしをびっくりさせてね」

「はい！　夢はＷＣＦＦ出演です！」

葉月が、すごく恥ずかしい目標をバラしてしまった。ＷｅＣｏｏｌが主催する年末の大舞台なんて、いくらなんでも話がでかすぎる。

「がんばってね。ＷＣＦＦは登録者数が三十万人を超えたら、出演の可能性が見えてくるよ」

ああ、遠すぎる。全配信者人口で考えると、登録者が千人を超えるのでさえ全体の上位十分の一。それだけでもかなり大変だ。

そんな私のしょんぼり感を察したのか、

「あ、でもＴＧＦ・ｔｅｅｎなら……トーキョー・ガールズ・フェスタ・ティーン」

それもビッグネームすぎるイベントだ。ＴＧＦはあちこちの地方都市で開催されていて、近年では福岡とか岩手県の一関《いちのせき》などが会場になっていた。

中高生のときから活躍しているレベルのモデルさんが多数出演し、アーティストが歌やダンスを披露、人気動画配信者もゲスト出演する、そんな一大イベントだ。

「なにしろ今年の冬のＴＧＦ・ｔｅｅｎは長野が会場だしね。地方での開催では地元のゲスト枠があるから、チャンネルの伸び率が著しければ、いけるかも！」

そうなのか！

などと思う暇もなく、嬉しさ、照れ、恐縮、そのすべての感情をごちゃまぜにして絶叫しながら深く一礼する。

「ありがとうございましたー！」

今度こそ邪魔せず退散しようとした、そのとき。

まるで、この場所にもう少し足止めするような出来事が起こった。

「見て、逆さ霧！」

葉月が叫ぶ。

えっ……と上田市街地の方角へ視線を転じると、

「ほんとだ……ちょっと遠いけど、逆さ霧が発生してる」

市街地のすぐ向こうに横たわる山嶺から、霧が滝のようにこぼれ落ちている光景が、そこにあった。

「すごい、なんだか神秘的……」

つぶやいた空っちさんが、静かにカメラを構えなおす。最大限にズームしても、あまり大映しにはならないけれど、それでも充分だった。

上田では季節の変わり目になると、市街地の北に位置する太郎山《たろうやま》の向こうから、たまった霧が山の稜線を越えて、こぼれ落ちてくる現象が出現する。

さながら、ナイアガラの滝の霧バージョンだ。そう頻繁に観られるものじゃないけれど、もし街なかでこれを目撃できたら、結構な迫力だ。

二人と一人、それぞれ言葉をなくして魅入る。

やがて。

「晴れ娘さん、もう一度へアバンドとマスクをしてみて。あれって衣装なんでしょ」

逆さ霧へ視線を吸い寄せられながら、空っちさんが促してくれた。はっとして二人同時に装着。それを確認した空っちさんは、くるりと自撮り棒でカメラを三人へ向けた。

「なんか、すごいの観ちゃった。現地で知り合えた、生まれたてほやほやの配信者さんのおかげかも。活動を始めて間もないと言ってたけど、お二人とも『持ってる』と思う。応援するね」

とっさのことで、どうリアクションを取るべきだろうかとまごまごする私だけど、隣の葉月は自分の頭に指を二本刺している。ぶっさしピースだ。私も遅れて真似をして決めポーズにする。ちょっと気恥ずかしい。

カメラを止めると、空っちさんは握手の手を差し伸べてくれた。

「変な先輩づらした発言かもだけど、晴れ娘さんの行く先に、幸があってほしいかも。きついことがあっても、ちゃんと乗り越えられそう」

ベテランにそんなことを言われると、本気にしちゃいそうだ。

もう、身体の内部にわけのわからない爆発をかかえた私は、耐えきれず叫んだ。

「これからも大ファンでありつづけます。ああああ、ありがとうございました！」

「ました！」

葉月と並んで豪快にお辞儀をし、境内から脱出。転ばない程度に全力を傾けて、駅への坂道を駆け下りた。

握手をした手に、温かな余韻が残っている。

偉ぶるでもなく見下すでもなく、こんな子供で、生まれたてほやほやの底辺配信者であってもバカにせず、真面目に応えてくれる人を、尊敬しないではいられない。

「ねえ葉月、人柄も最強の武器なんだね……動画配信って」

坂を駆け下り、クリーム色のレトロな駅舎が近づく。

息を切らせながらも、声に出さないではいられない。それほどの昂奮だ。

「企画の、面白さや、はぁ……はぁ……編集の、センスとか、はぁ、はぁ……それ以外にたくさん磨かないといけないよね、私たち！」

「同感だね！」

葉月は私の手を振りほどき、運動神経抜群の脚力を発揮、駅舎への一番乗りを果たし、笑顔を咲かせた。

それはそうと、今回の動画の引きになるサムネイル画像は、空っちさんと北向観音さまの境内でピースしている写真で決定。初めて、二人以外の誰かがサムネイルに入ってくれた、記念すべき回になる。

時間を無駄にしないよう、電車に揺られながらも、編集方針などを話し合った。

ふっと一息つくと、電車は鄙《ひな》びた踏切を過ぎ、やがて赤い鉄橋の千曲川《ちくまがわ》橋梁へ差し掛かった。終点の上田駅は、もうすぐだ。

第2話　本気の夢

一度走り出したら、もう止まらない。

二人でどんどん、動画活動を積み重ねてゆく。

小学生までの自分にこんな光景を見せたら、きっと驚くだろう。一人きりじゃないばかりか、存在の遠かった陽キャ砺波《となみ》葉月《はづき》さんと一緒にやってるなんて、と。

葉月と初めて明確な絡みができたのは確か、小学六年生の秋くらいだった。

私は教室の隅っこの机に座り、何人かの男子たちに囲まれ、バカにされていた。

ずっと誰にも見せずに秘めていた企画ノートの存在を、知られてしまったのだ。

トイレから戻ったら、その男子たちは、私の机から勝手にノートを取り出していた。

最初は凍りつき、ついで走り寄って乱暴にノートを取り返したけれど、もう遅かった。そのまま逃げ出したかったのに、脚から力が蒸発し、へなへなと動けないまま、男子たちから一方的にからかわれるしかなかった。

悔しくてみじめな思いを抱えつつ、耐えた。ここで泣いちゃうと、もっとみじめになりそうで、へらへらと笑って心を殺すしかなかった。

彼らは私の宝物・企画ノートを再び取り上げ、声を出して内容を読み上げては、何度もげらげら笑った。

「イラスト、下手っぴ。いや味わいあるよな」

「動画のアイデアかよ？　あんま面白くないな、これ。いや個人の見解ですが！」

「こういうのに熱中してられるのも、小学生のうちだけだし、がんばれがんばれ」

いじりたおしてやろうという残忍な意図を隠すこともなく、私を取り囲み、好き勝手なことを言っては、私を言葉のツルギで刺していった。

クラスの他の子たちも、ちらちらと興味深そうに私を横目で笑う。私のすべてを否定されたようで、このまま魂ごと消え去りたくなった。

「どうしたの、楽しそうにしてるね」

そこへ現れたのが、葉月だった。各学年で二学級ずつある小学校で、五年生から初めて同じクラスメイトになったものの、特に接点もなく一年半を過ごしてきた。いつも人気者で、盛り上げ役で、誰からも慕われていて、眩《まぶ》しくて近寄りがたい存在の砺波葉月さん。つまり、私にとって苦手な子。男子からも一目置かれている存在。

「見ろよ、砺波。これ面白いだろ」

「へー、どれどれ」

私の宝物が、精魂こめて書き連ねてきた宝物が、その価値を一ミリも知らない無責任な奴らに踏みにじられる。それを止める術が、私にはない。情けなく笑顔を作ろうとすればするほど涙がこぼれそうで、もう限界。

「これ、面白そうじゃん！　もしかして石動《いするぎ》さんが書いたの？　天才じゃん」

え……と、その場が一瞬だけ固まる。私も固まる。

「例えばこの『オーシャンプラザ上田』のプールでさ、水中観察窓越しに流行《はや》りの曲でシンクロナイズドド・スイミング撮ってみるってアイデア、絶対面白そうじゃん」

葉月はほっぺたに空気を溜めこんだ顔で、まるで水中にいるような感じに、ダンス系動画でバズり中の動きをしてみる。たしかにそれは面白そうで、実演を見た女子たちが噴き出す。私も笑いそうになる。

その瞬間、涙もこぼれた。さっきまでの悲しいばかりの涙ではなく、上手く言えないけれど、少しだけ救われた気がする涙だった。

「あー、そうだよな。おれ、ちょっと興味あるかもって思ってたんだ」

「ああ、そうだな」

途端、周囲が同調し始める。その調子のよさに、不快感がこみあげる。

「あたし、石動さんの話、もっと聞いてみたい。みんなごめんね、あとで一緒に遊ぶからさ、ここで石動さんとお話ししてていい？」

「おう、砺波がそう言うのならよ……」

屈辱的な嵐は、去っていった。葉月は私の前の席に陣取り、ページが開いたままの企画ノートを、そっと優しく返してくれた。

「ごめんね。悪い子らじゃないんだよ。あれでも、いいとこいっぱいあるんだよ。でも、ああいうのはよくないよね。嫌な気持ち、たくさんしたと思うけど、代わりに謝っとく。ほんと、ごめん」

さっきまでとは一転、真面目な顔で頭を下げられた。感情が迷子になった私は、ただじっとうつむいて、企画ノートを見つめるしかなかった。

「でもマジですごいよ。これだけのアイデアをびっしり書きこめるのって、天才」

そのときの葉月は本気で褒めてくれたらしい。今の自分から見ると、小学生の書くものなんて稚拙でしかないし、どこかで見たような動画ネタのパクリだらけでもあった。ただ、その書きこみ量だけは、我ながら尋常ではなかった。

葉月は、そこにすごさを感じてくれたのかもしれない。

「ねね、ここに描いてあるのって、衣装？」

葉月が指差したのは、ついさっき、あの子らにバカにされたイラストだ。六文銭のヘアバンドに、可愛い雁金のマスク。顔をさらさない配信者もいるし、どうせなら上田らしいアピールをしたくて考えついた、とても下手なイラストだ。

「石動さん、いつも何か書いてるなーって気になってたんだ。これ、実行したら絶対に見返せるよ。ていうか、石動さんのファンになっちゃうよ」

わくわく感を宿した瞳で、葉月は親指をぐっと立てた。

「あああ、ありがと……幼稚園の頃からの夢で……」

小声をもらした直後から、しまったと後悔した。余計なことを言った、と。

「すごい！　そんな昔から夢が同じだなんて、普通なかなかないよ」

すごい変人だ、と言われた気がして、意気消沈しかけたところで、

「見せてくれたお礼に……ちょっと待ってて」

葉月は自分の机へ走っていったかと思うと、戻ってくるなりミニサイズのノートを差し出し、周囲をはばかるように用心しながら、また前の席に座り、

「他のみんなには絶対に内緒だよ。恥ずかしいけどさ、あたしのポエム」

半ば強引に見せられたそれは「クリスマスケーキ、おうちはふけいき、でも食べたいステーキ、においも味もすごくすてーき」なんて言葉が並んでいた。駄洒落《だじゃれ》かな、と反応に困りながら、

「すごいね……」

笑顔をとにかく作ると、葉月は照れながら、

「ラップとか好きでさあ、てへ。姉ちゃんには散々バカにされて、へこんだけど」

心底、嬉しそうにしていた。そう思うと不意に真顔になり、

「だから、あたし……わかるんだよ。何て言うかさ、石動さんの気持ち」

悔しさを憶いだした目で、おずおずとポエムノートを閉じ、

「ラッパーってさ、かっこいいじゃん。そういうのに憧れて書き溜めていたんだけど……つらいよね、秘密の宝物にしていたものが、勝手に見られて、それだけじゃなくってさ……他の人の前で読み上げて笑いを誘うなんてさ」

ほんの一瞬だけど、そのときの葉月はひどく悲しそうに、心の痛みをこらえているように見えた。すぐにまたクラスで見せるような明るい笑顔を取り戻したけど。

小学生時代の、葉月との絡みは、たったそれだけで終わった。

もともと間柄が遠かったし、この一件だけですぐ仲よくなれるほど、私は図太くはなかった。葉月から声をかけられても、ただ恥ずかしそうにもじもじするだけで、小学生時代は終焉《しゅうえん》を迎えた。

まさか中学生になってから通学ルートが一致したことで、ものすごい急接近をしてくれるなんて、想像もしなかった。

その頃には、わけあって夢をすっぱり切り捨てたつもりでいた私だったけれど、葉月からの誘いに対して曖昧な態度でいたのは、

（ポエムを馬鹿にされたことへの悔しさを目に浮かべていたときの葉月が、ずっと脳《のう》裡《り》にこびりついていたからなのかも……）

その表情は、ほんの一瞬しか見せなかったけれど、シンパシーを感じるには充分だった。そうじゃなきゃ、私のことをからかっていると曲解して、葉月を避けたかも

しれない。

やがて……。

三年もの月日を経て、あのときの稚拙な衣装デザインは、葉月の手によって見事に現実となった。

二人で計画を練った上で、土日の間に二本分くらいを撮影し、平日の間に手分けして編集。じれったいけど、学校や宿題のことを考えると、これが精一杯のペース。

いつか動画に専念できる時代がやってきたら、毎日投稿を目指したい。今はどうしても、学校の成績を落とすわけにはいかない。

動画をつづけてゆくためにも。


空っちさんとの遭遇から二週間が経った、ゴールデンウィーク明け。

それぞれ家族で旅行へ行った以外は、毎日を撮影と編集に費やし、動画を五本も一気に増やせた。そのうちの三本は、別所温泉へ出向いたときの撮影だ。行きの電車内と足湯、それから北向観音で目撃した逆さ霧。

その間……。

空っちさんの上田旅行動画が上がるまでは、自分なりの礼儀として、こちらの動画を公開しないでおいた。

いざそのときが来て、どきどきしながら反響を待つ。

空っちさんの動画は三日間で十二万再生になるとともに、こちらの「晴れ娘」はいつもの数倍となる二百再生もの記録をはじきだした。

増えた登録者数は十一人だった。

逆さ霧が撮れたってことも、大きな要素だったかもしれない。

相変わらずの少なさだけど、それでも登録者以上の成果があった気がして、ずっと頬がゆるみがちな日々を過ごした。

いつもコメントをくれる「6月の調べ」さんも、昂奮気味に書きこんでくれた。

再生数が少なくても、今は経験を積む期間と割り切って活動している。

学校のお昼休みは絶好の企画会議になってくれて、チャイムとともに売店へ走っていった葉月が、私と合流するなり、髪をかきむしる。

「むきーっ、どうしたらバズってくれるんだー！」

私も同じ想い。でも葉月が大げさに悔しがってくれるから、私は冷静でいられるのかもしれない。たった一人だと、今頃は身を焦がすような不安に苛《さいな》まれていたと思う。

二人で一組は、とても心強い。

「あたしが、空回りしすぎてんのが悪いのかなあ」

「そんなことないよ。葉月のテンションにかなり助けられてるんだし」

なんて、葉月の焼きそばパンを買うのに付き合って歩いている最中、廊下の窓から中庭が見えた。

「うわっ、ジュンジュンがいる……クラスが違うから普段の絡みはないけど、この学校に実在してくれてるんだね」

葉月が昂奮気味に、手にした焼きそばパンをかじった。それ、まだラップにくるまれてるのに大丈夫なのか。

わたしも窓から中庭を観察すると、ジュンジュンがクラスメイトの女子たちと食事を始める様子が見えた。

ダンス動画では思う存分さらしている、綺麗で整った顔を、髪で隠しがちにしながらお弁当箱を広げている。生活感のない容姿なのに、ちゃんとご飯を食べるというところに、妙な感動を覚えた。

すると、ちらり、私と目が合い、どきりとなる。もちろん気のせいだし自意識過剰なのは自覚しているけれど、少し緊張する。

「そろそろ、いつもの屋上階段の秘密基地で、企画会議しよっか」

どぎまぎしながら、葉月を促した。

名残惜しくも立ち去りかけたそのとき。突然、ジュンジュンはベンチから立ち上がり、さっと一瞬でヘアアレンジをした。長い髪を束ねただけだけど、それはまるで、魔法少女のキラキラした変身のようにも見えて、周囲から喝采があがる。

撮影はしないけど、なんの気まぐれか、ジュンジュンはダンスを披露し始めたのだ。学校ではけっして動画活動に類すること――ダンスも含めて――をやらないと噂《うわさ》されていたのに、これはかなり貴重なシーンに遭遇できた。

複雑なステップを、さも簡単そうにこなし、光の粒子をふりまいている。画面越しでは伝わらない生の迫力が、そこに展開している。

普段の学校生活ではおとなしめにふるまっていると言われるジュンジュンだけに、突然のダンスはなおさらのこと光り輝いて見えた。

それはたった三十秒だけの魔法。

ジュンジュンとお昼をともにするクラスメイトたちが、激しい拍手でそれを讃《たた》える。とても照れくさそうにジュンジュンは髪を戻し、黒縁メガネをかけなおし、そそくさと座った。有名人オーラから一転、一気に普通の高校生モードに戻るところも含めて、胸がきゅんとくる。

すごいの見ちゃった、と葉月と目を合わせ、互いに昂奮する。

拍手しながら再び中庭へ視線を戻すと……私は凍りついた。

今度は気のせいとは思えないくらい、ジュンジュンから冷たく睨《にら》まれていたのだ。

それも束の間のこと、彼女はクラスメイトと談笑しながらの食事を始めた。

さっきのあれは、踊って疲れて、笑顔が消えた顔を向けた先が、たまたま私であっただけ。そう信じたい。けれど前にもあんな視線を受けたことがある。入学して間もない頃、この廊下で。あれもまた、たまたまそう感じただけだったに違いない。だって、私とジュンジュンとでは、接点なんて持ちようがないんだし。

六月も中旬になって、期末テストが終わった帰り道。

勉強に追われて時間がないのに、動画の編集もけっして手を抜かなかったせいで、寝不足による目の下のクマが隠しきれない。勉強した形跡のない葉月は、実に元気いっぱいで、呑気《のんき》にテストの終了を喜んでいるけれど。

もっとも葉月だって、ぜんぶ遊んでいたわけではなく、私が勉強で手を抜けない分、編集を多めに担当してくれたのだ、感謝しないといけない。

いろんな配信者さんの動画は、さも鼻歌まじりで作ったかのようにノリノリな雰囲気を漂わせているけれど、こうして経験を重ねていって痛感する。

――けっして、鼻歌まじりなんかじゃ、編集なんてできっこない。

作る苦労が画面に漂ってしまったら、見る側は白けてしまう。そうならないよう、クリエイターのみなさんは血のにじむような努力で、日々こつこつと編集作業に工夫をこらしている。そういう内情は動画ファンの間に多少は知られていたけれど、自分が作り手の立場になってみると、嫌というほど実感する。

お笑い芸人も漫画家も、人を楽しませる人たちはみんな、大量の労力を注ぎこんで活動している。無数にいる動画配信者の中でも、一流と言える人たちも同じだ。

私でもときどき音《ね》をあげたくなるのに、一見そういうのがもっと苦手そうな葉月は、嬉々《きき》として作業に没頭しているというから驚きだ。考えてみたら、晴れ娘の衣装であるヘアバンドやウレタンマスクに、精緻な刺繍をほどこすくらいの子なのだ。

もっとも葉月は親から譲ってもらった、りんご印のパソコンがあるし、私はスマホだけでちまちまと作業するから、格差があってちょっとずるい気もしているけれど。

「今年も押出川《おったしがわ》に蛍が出たらしいね」

下校のとき、葉月が情報をもたらしてくれた。とたん、期末テストと編集作業に疲弊しきった私に元気が湧いてきた。

私はこの機会を待っていたのだ。

「じゃあ今日の撮影は、押出川の蛍ツアーで決まりだね！」

この企画を最初に考えたのは、小学四年生くらいの頃に蛍を観にいったときのことだから、実に足掛け六年でようやく実現することになる。

それを書きこんだ、何冊目かの企画ノートは失われているから、このチャンスに備えて春休みの間に練り直したのだ。

蛍を背景に、自分たちも蛍になろう――。

市の中心地に蛍が出るというのは、普通に考えるとすごいことだ。人里離れた綺麗な小川であれば、なんの不思議もないんだけれど、街の中を流れる水が、とても清潔であることの証明でもある。

しかも、閑静な住宅街の中なのに。

今日は金曜だから、週末に向けて思う存分、動画に専念できる。

「じゃあ、ご飯のあとに！」

家の近所の路地へ、葉月が元気に手を振って帰宅する。

あの騒がしさで、蛍が驚いて消え去らなきゃいいけど。

もうすぐ夏至の今は、七時だとまだ少し明るいものの、蛍が綺麗に飛ぶ時間帯になると、暗くて何も映らなくなる。

夕飯を手早く済ませたわたしは、

（ちゃんと撮れるのかな……）

不安を抱えつつも、待ち合わせ場所の大型ドラッグストア駐車場へ向かう。蛍が出る水路のすぐ脇だ。現地では、葉月がわくわく感を抑えられない様子で、

「お、弥生。あたしも今、来たばかり」

嘘だ。楽しいことがあると、時間よりはるかに早く到着し、そわそわうろうろするくせに。

「おしゃれなカメラを提《さ》げてるね」

私にもよく見えるよう、あからさまに肩がけしているカメラは、小ぶりながらも本格的なにおいを漂わせていた。わくわく感の半分以上は、たぶんこれが原因だ。

「お目が高いね、弥生。お父《とう》から譲ってもらったミラーレス一眼でさ、レンズを交換すると、暗いところでもかなり映るんだよこれ」

とても協力的な親に恵まれた葉月が、心底うらやましい。おかげで私もその恩恵に与《あずか》っているのだけど。

「どれだけ暗い中で撮れるかわかんないけど……スマホよりはいけそうだね」

暮れなずむ中、水路を見つめる。蛍の姿はまだないけれど、それを観に来た人たちが、ちらほら歩き始めている。見頃は七時半以降というから、あともう少しだ。

「例のものは持ってきた？」

「もちろん。じゃーん」

葉月がリュックから取り出したのは、ペンライトだった。ライブで盛り上がるための、発光色がいくつも選べるやつだ。スイッチを何度か押して、蛍っぽい緑色もちゃんとあることを確認する。両手持ちするから、二人分で四本。

「振り付けもばっちり覚えてきたよ。まさか弥生とヲタ芸をする日が来るなんてね」

暗闇の中で、両手にペンライトを振り回し、光の軌跡で魅せるダンスだ。

「でも私はダンスが下手だから、撮影スピードは半分で」

発案者なのに情けないけど、工夫で乗り切る。ゆっくり踊れば、通常の再生速度にしたとき、それなりに見栄えする動きになる。

「じゃ、うちらも蛍になるために、いざ出陣！」

葉月を先頭に、自撮り棒をセット。スマホで二人の様子を映す。

川は住宅街の中を流れている。

幅が一メートルにも満たない流れに沿って住宅が建ち並ぶ中、街灯はついていない。塀の奥に見え隠れする家屋に、生活の灯りがもれているだけだ。

毎年、蛍の時期になると意図的に街灯を落としているそうだ。もちろんぜんぶではない。たまに赤い光の街灯もある。つまり蛍の邪魔にならないよう配慮しているのだ。

「こっちはまだ蛍が見当たらないね」

「しかも、住宅のまん前で撮影するのも、気が引けるしなあ」

葉月の言うのも、もっともだ。けれど大丈夫。

今いる道から脇へそれて「ほたる水路」と銘打たれた小さな遊歩道へ入れば、その背後にあるのは広大な駐車場だ。さきほどの道よりかは、安心して撮影ができそう。

いつものへアバンドとウレタンマスクを装着するなり、

「ぶっさせ、上田産まれの晴れ娘」

「はづ吉です」

「弥七です」

静かに、動画冒頭の自己紹介へ移った。

「今日はね、押出川に今年も蛍が出たというので、散策がてら観に来てまーす」

「ちょっとはづ吉、ここは普通に人が住んでるから、もうちょい声のボリュームを絞って……」

「おっとっと」

背後が駐車場でも、小川の向こうにはやっぱり閑静な住宅が建ち並んでいる。

「去年は、このポイントで蛍がたくさん出たらしいけど……」

ほたる水路の手すりから遠慮がちに身を乗り出し、覗きこむ。もはや小川のレベルを超えて、細い溝と呼べるほど小さい、清らかな流れだ。

「今年は場所がちょっと違うのか、あたしと同じで、寝坊するのが好きなのか」

いつも朝、ぎりぎりまで寝ている葉月が、他人事《ひとごと》のようにつぶやく。

「あ、今一瞬だけ、蛍が飛んだよね」

葉月が茂みを指差す。もうほとんど暗闇に近くて、お互いの顔もよほど近寄らないかぎり判別もできない。

「こういうとき、葉月ならどんなポエムを出しちゃう？」

小学生の頃の一コマを想起し、ちょっといじわる気に葉月をつついてみる。

考えてみたら、あの日以来ずっと葉月がポエムの話題を出すことがなかった。私に秘密のポエムノートを見せたことが、よほど恥ずかしかったのだろうか。

私には、夢を叶えようとつついておきながら、自分は照れて隠すなんて、ちょっとずるいぞ、葉月。

そう思ってからかってみたのだけど……葉月はむっつりと黙りこんでしまった。

（まずい、私、何かよくない地雷でも踏んだ？）

そう不安が込み上げてきた、そのとき。

いきなり葉月が豹変《ひょうへん》した。

「YO、YO、蛍の幻想、遠すぎる喧騒《けんそう》、ここは無音の光の演奏、小川のせせらぎ、せせら笑うんじゃねえYA！

蛍の生態、踏みにじらねえよ、何が正解、この美しさよ、出会いは奇跡、光えがく軌跡、うちら上田の晴れ娘、いえい！」

ラッパーらしい手振り身振りで、即興を歌いあげた。

思わず拍手したくなったが、少し離れて歩く親子連れが立ち止まってこちらを注視したので、エア拍手で妥協した。たぶん、睨まれた。とても申し訳ない。

「すごいね、よくすらすら出てくるね」

「えへへ、今でもたまに、思いつくままに書き留めてるんだ。なかなか上手くはならないし、韻《ライム》を踏むにも複雑な技術があるみたいなんだけど……あ」

はぐらかすように、葉月は首の向きを変えた。私もつられて見てみると、

「あ……」

蛍が群舞していた。四匹か五匹くらい固まっているのだろうか。乱舞というほどではない、ささやかなものだけど、見惚《みと》れるには充分に幻想的な光景だった。

「私たち、これからもずっとこうして活動していきたいね」

「うん。ずっと、ね。弥生に出会えてよかった」

日頃いくら仲がよくても、いつもの二人では、ここまで恥ずかしい友情なんて語れない。綺麗な光景は、魔法でも宿しているのかもしれない。言わなくてもお互いにわかっていることも、わざわざ口に出したくなる魔法だ。

思ったより人が多いのか、そこかしこから「あ、いた」「飛んでるね」「わあ……」などと小さな声が上がっている。

私はミラーレス一眼を動画モードにして構える。液晶画面ではなく、ファインダー越しにその風景を捉えてみる。その小さく切り取られた視界の中で、青緑の光がふわ

りと、時には鋭く、暗闇の中で自分の存在を示すかのように飛んでいた。

レンズを横に流し、川の向こうの茂みを見つめる葉月の横顔へ。

「ちょっと、撮るのはこっちじゃないでしょ！」

笑いながら、葉月もスマホのレンズを負けじと向けてくる。

お互いにじゃれあうと、またも暗闇のどこかから睨まれる気配が伝わってきたので、二人してしゅんと黙りこくり、そしてくすくすまた笑う。

「……ね、葉月。やっぱ、やめようか」

「うん、そうだね。この静かな風景を乱すのは、よくないね」

予定していたヲタ芸を中止にしよう。その気持ちは葉月も同じだったようだ。

地味な動画になるけれど、お互いに気持ちが通じ合ったことを嬉しく思う。

こんな青春が、いつまでもつづいてほしいと、心の底から思った。


「葉月、チキンでも食べていこうよ」

「どうせなら美味《おい》だれの焼き鳥とか、どうよ」

蛍の余韻も冷めないまま、駅前へと移動した。このまま帰宅するには惜しい気がしたから。

親には、友達と蛍を見にゆくと伝えてあるし、もう少しくらい遅くなっても許してもらえそう。葉月はもともと親がゆるいから、自由が利く。うらやましい。

駅前のバスやタクシーのロータリーには、島状態の広場がある。買いこんだ美味だれ焼き鳥を持参して、

「大水車前の、階段みたいなとこで座って食べようよ」

巨大な水車のオブジェがある場所だ。

「今の時間だと太りそうだけど、育ち盛りの食欲には勝てないよね」

「弥生のそれ、嫌味でしかないよ。どれだけ食べても太る様子がないって、前世でどれだけの善行を積んだのやら」

他愛もない会話で移動する。

ロータリーに囲まれた広場では、騒がしい先客がいた。真田幸村の騎馬像の前に何人かの男女が集まって、ラップを披露し合っているようだ。

ストリート系の人たちが群れているのは、ちょっと怖くて近寄りがたい。でも葉月なら「平気だよ」なんて気にも留めないんだろうな……そう思って隣を見ると、

「え、どうしたの、葉月」

青白い顔で、唇を引き結んでいた。その手に持った焼き鳥の袋を、私へ押し付ける。

その拍子に、袋の中から美味だれ特有の強烈なニンニク風味が立ちのぼる。

「ごめん、持ってて。そこで待ってて」

意を決したかのような強い足取りで、ラップ集団へ向かって歩き出す。

「ちょっと、どうしたの？」

呼びかけると、葉月は一度その足を止め、深く息を吐き、

「あたし、ちょっくら昔の夢にケジメをつけてくるよ……弥生にしつこく夢の復活を持ちかけておきながら、あたし自身が自分のことに目を背けてたんじゃ、前に進んじゃいけないよね。唐突だけど、今がまさにチャンス到来なんだ」

こちらへ向けた笑みには、かなりの強がりが混じっていた。それも束の間のこと。ぐっと奥歯を嚙み締めたような顔に戻ると、葉月はぐんぐんと騎馬像へ向かっていった。

これは、ただごとではない。本能的にスマホを構えて、カメラアプリを起動する。焼き鳥の袋が邪魔ながらも、動画モードの画面をズームする。

ラップ集団へ、ついに葉月が乱入した。

金髪や鼻ピアスのお兄さんお姉さんたちが、怪訝な顔で葉月を睨みつける。それにかまわず、流れるビートのリズムに乗って、挑発めいた身振りで葉月は口を開いた。

「もののふ像につどいし連中、あたしは今こそラップで復讐《ふくしゅう》、もふもふゆるい韻《ライム》をどうぞ、上田サイファー見下ろす銅像、踏みつけられてもあたしは立つよ、三年秘めたるこの想い、ＹＯ！」

真田幸村の銅像の足許に置いた小型スピーカーから、ビートが流れるだけの、居心地悪い沈黙が漂う。私はすでに逃げたくてたまらないが、ラップの輪に挑んだ葉月は、そのまま踏みとどまっている。

ふと想起する。昔の葉月が小学校の教室で見せた、つらそうな表情を。

あの顔の意味は、今のこのシーンに直結しているのだと悟る。あれは、夢を踏みにじられた者の痛みだった。

ラップのことはよくわからないなりに、葉月の即興歌詞で理解できた。

（あの人たちが、昔の葉月にあんな顔をさせたんだ）

だとしたら、きっとすごく怖いに決まっている。自分の「好き」を粉々に打ち砕かれ、否定されたことのある人にしかわからない恐怖だ。

心臓は早鐘を打ち、手も足も唇もわなわな震えて、どこまでもつづく深淵へ落下してゆくような、生きる力を根こそぎ削り取られる絶望感。

ふと、ラップ集団の中に動きが生まれた。

唇にピアスをつけた一人の女性が、葉月の前で仁王立ちし、ビートに乗せて口を開いたのだ。

「ようこそ嬢ちゃん上田サイファー、復讐なにそれ帰宅で復習、子供は勉学うちらは幻滅、安いポエムは用無しだ、ハッ」

うすら笑いで、葉月をこきおろす。安いポエム、安いポエム、安いポエム……その言葉だけが、私の中で反響している。

私は、どうすべき?

このまま見守るだけでいいの?

親友を、たった一人で闘わせていてもいいのか?

前へ躍りでたところで、何かの戦力になれるの?

違う。そんなことはどうだっていい。ただ隣で一緒に立つだけで、心を支えることができるはずなんだ。

決意をした、と自覚するより早く、私は前へ歩を進めた。心臓が忙しい。

「久しぶりだよね、葉月。親父は元気か?」

嘲笑《ちょうしょう》から一転、女性の笑顔がふっとやわらいだ。葉月が無言のまま、こくりと大きくうなずく。

どういうこと? と疑問に思うまでもなく、やっと気づいた。その女性はどことなく葉月と似ている。

「姉ちゃんこそ元気そう。大学、こっち方面になったんだってね。東京の母ちゃんからメッセージで聞いた」

そうこうするうち、私は惰性で進むひょろひょろした足取りで、葉月の隣へ並んだ。

かっこよく覚悟を固めた援軍のつもりが、どうにも間抜けな登場になった。ラップの人たちにじろじろ見られて、とてもいたたまれない気分だ。

葉月もお姉さんも笑顔になっているものの、緊張めいた空気は解けていなかった。

「何、あんたのダチ？」

「……親友だよ。一緒にＷｅＣｏｏｌで動画をやってる」

どうも紹介モードになっているようなので、ぺこりと頭を下げた。

「ははっ、ＷｅＣｏｏｌで動画なんて、あんなの斜陽じゃん。配信者とか飽和しすぎて動画バブルも終わったとか言うじゃん。稼げないのに物好きだね、あんたら」

豪快に嘲笑《あざわら》われた。悔しい。言い返したいけれど、正論だから何も言えない。たしかに、かつてのように稼げる界隈じゃなくなっている。けれど、そんなのが目的じゃないんだ、好きだから、大好きだからやってるんだ。

そう大声で言い返してやりたいのに、声が出ない。

「それはともかく、葉月もラップをつづけてたんだね。即興にしては韻《ライム》の機転が利いてて悪くないいんじゃない？」

「今さら褒めなくてもいいよ。下手なのは自覚してる。ただ、好きなだけ。たとえ人前で笑われてこきおろされようともね」

私は、はっとする。葉月は、私の気持ちをぜんぶ代弁してくれた。

お姉さんは鼻白んだ様子で「ふうん」と受け流した。

「あたし、今でもラップが好き。だけど、もっと熱中できるものに出会えた。ただそれを伝えようと思っただけ。じゃあね」

葉月に促され、回れ右をした。気まずい空気の中で、せめて最後にまた頭を下げて立ち去る。一方の葉月は、けっして振り返ろうとしていなかった。

背中から「なんだよ睦月《むつき》の妹かよ」「ああそういえば前に見たの小学生だったな」なんて話し声が聞こえてくる。

広場から道路側へ渡る歩道橋から見下ろすと、彼らは何事もなかったかのように、即興ラップの掛け合いを再開していた。

「ごめんね弥生」

どう返してよいのかわからず、黙って葉月の背を追う。

「でも、すっきりした。思ってた展開と違ってたけど、三年分のしこりが落ちてくれたかな」

駅前のビル群を見上げつつ、葉月は大げさに伸びをしてみせた。

「案外と和解できるかなとか、あたしのリベンジに腰を抜かすかなとか、いろいろ想像したけれど、まあ現実はこんなもん。それでも、かつて夢中になっていたことへのケジメがついたって気にはなれたよ。ありがとね、付き合ってくれて」

振り向いた葉月は、本当にすっきりした微笑みを浮かべていた。

「それよか、焼き鳥をどこで食べようかなあ……あたしのせいで、また場所を探さないといけなくなっちゃった、ごめん」

「じゃあ、ここで食べちゃおうよ。歩道橋にもたれかかって、あの人たちを見下ろしながら。さっき葉月もラップで言ってたじゃん、上田サイファー見下ろすって」

それがたぶん、あのグループ名なんだろう。

「……それも、悪くないね」

真下を何台もの車が通り抜ける中、二人並んで焼き鳥の袋を開けた。焼きたてではなくなっているけれど、まだ温かい。甘辛いニンニク臭が夜風に乗って飛んでゆく。

ぜんぶの串を食べ尽くすまでの間、取り留めもなく会話を交わしていった。

葉月のご両親が離婚していたことも知らないでいたけれど、そういえばお母さんの姿を見たことなかったなあ、とか。「サイファー」というのは、集まった者同士で即興ラップを披露し合う行為のことだ、とか。

ふと会話が途切れた狭間に、

「子供の頃は、ガチでラッパーに憧れてたんだけど、姉ちゃんからクソミソに笑われて、晒《さら》し者にまでされて、仲直りしないまま別れて暮らすことになってさ……まあ、姉ちゃんもあたしも、どっちもガキだったたって話。たかがラップをこきおろされただけ……でも、あたしはずっと引きずってたなあ」

最後に残った一串へ、葉月はかじりつく。葉月が三本、私が七本。

「ラッパーになりたいなんて夢はすぐ消えたのに、傷だけが残りつづけてたんだ。もっと夢中になれるものを求めてたら、弥生があたしの目の前に現れてくれたんだ。なんか、この子と一緒なら、あたしを熱いどこかへ連れてってくれそうな気がして」

そんな気恥ずかしい話題は、よしてほしいところだけど、赤面を感じつつも今夜は聞き役にまわると決めている。焼き鳥と一緒に買っておいたエナジードリンクを手渡し、二人、同時に缶を開ける。

「弥生との活動のおかげで、昔の夢にもケリをつけようって気持ちを固めることができたんだ。ありがとうね、これからも……よろしく！」

乾杯とばかり、乱暴に缶をぶつけてきて、葉月は一気に飲み干した。

私も喉へ流しこむ。強烈な炭酸が、舌も喉も突き刺す。

青臭い青春の一コマを体験できたことを、こそばゆく思う。

こんな流れになったのは、たぶん、蛍が見せた幻想的風景のせい。

帰路に就く。その間じゅうずっと、私は葉月の語りへ黙って耳を傾けつづけた。いつも以上に饒舌《じょうぜつ》な葉月を、いじらしくさえ感じた。

今回のサムネイル画像は、暗闇に蛍が軌跡を描いて飛ぶ画像にした。二人の姿はないけれど、たまにはこういう情緒にあふれた写真もいいよね。

週明けの月曜。お昼休みに「晴れ娘」の根城にしている屋上前の階段は、さすがにそろそろ蒸し暑くなってくる頃合いだ。

「にしてもさー、ぜんぜん増えないよね、チャンネル登録者数。面白いはずなんだけど、世の中のみんな、見る目がないよね」

これはもう、笑うしかないとばかり、葉月の陽気な声が、階段に反響する。

「ＴＧＦへの道のりは、遠いなあ」

せっかく今年は長野での開催なのだ、地元のクリエイターが拾ってもらえる可能性は高いとしても、これでは見向きもされないだろうな……と焦る気持ちはある。でも葉月が明るい調子で愚痴ってくれると、そんな焦燥感もやわらいでくれる。

学生である現時点において、私たちの目的は、あくまでも動画配信での活動を真剣に楽しむこと。ＴＧＦはそのための道標《みちしるべ》にすぎない、と自分に言い聞かせる。

スマホで検索すると、ＴＧＦ・ｔｅｅｎの公式サイトのかわいい画面が出てきた。

その冒頭には、

「今年の会場は長野！　テーマはブライトネス！

日本列島のほぼ中央に位置する長野とのコラボレーションにより、次世代のエンタメを牽引《けんいん》するティーンたちが、故郷の輝く魅力をぐいぐい引き出します！」

こんな謳《うた》い文句のイベントに参加できたら、どれだけ誇らしいだろうか。

出演するモデルは、私たちと同世代が多い。いったいどんな活動をしたら、そんなステイタスへと昇り詰めるのかが謎だ。これが東京の子なら話はわかるのに、地方在住のモデルも交じっている。地方を輝かせるのがＴＧＦ・ｔｅｅｎのコンセプトだから、当然かもしれないけど。

屋上への階段は人の気配があまりない。二人きりの企画会議をするのにもってこいだし、誰に気兼ねすることもなく、しょんぼりしていられる。

お昼ご飯は、たいていここで食べる。

屋上へは立入禁止なので、実質この階段は行き止まりなのだ。文化祭や体育祭のときだけに使うような備品が、ほこりをかぶっているし、段ボール箱も多いので、テーブル代わりに、パンだのお弁当箱だの飲み物だのを置かせてもらっている。階段の最上段が、椅子代わりだ。

壁に、斜めに立てかけてある「青組ガンバレ!!」の、派手にデコった看板を見上げつつ、私はため息を吐く。

「でもまあ、今は経験と実績を積み上げる期間と割り切ってるしね。規約上、動画で収益化が許可されるのは十八歳から。そのときを迎えるまでの二年半ちょい、まずは着実にやっていこうよ。高校生のうちなら、ダメ元の試行錯誤もしやすいし」

「あーね、どうせ元から収益なんてないなら、コケても痛くないし、うっかり登録者数を減らしても、ぜんぜん平気……ってことはないけど、さすが弥生だよね。あたしと違って、ちゃんと先を見据えてる」

焼きそばパンを頬張りながら、葉月がぐっと親指を立てた。

褒めてもらえたらしいけど、そんな私はというと、お弁当のハンバーグソースを、うっかり大切な企画ノートへ垂らしてしまい、指ですくって舐《な》めたところだ。

「ダメだよー、ちゃんと拭き取らなきゃさ」

と差し出してもらったのは、ウェットティッシュ。がさつなようでいて、葉月はこういうところで細やかだ。

そんな葉月はスマホに企画案を打ちこんでいる。それをちょっと見せてもらうと、

「わー、女子会トーク企画ばっかり。私、自信ないんだけどな」

「そお？　弥生の話、あたしは面白くて好きなんだけど。なんかこう……ひたむきな感じで。それよか弥生の案、大喰い企画ばっかじゃん！」

指摘されるまで気づかなかった。カレー、ラーメン、とんこつ背脂ラーメン、辛味噌ラーメン、上田名物・美味《おい》だれ焼き鳥、ジビエの鹿肉、六文銭パフェタワー……特

に辛味噌ラーメンは、激辛が大好きな葉月のために考えたつもりだったんだけどな。

　つい自分基準でばかり、ものを考えてしまうせいで、葉月が少食だってこと、忘れがちだ。これをごまかす呪文を唱えておこう。

「てへっ」


　お弁当箱を空にしたところで、本日の企画会議、いよいよ開催。

　お昼休みは、あと二十分ある。

　誰かが近づいてくる。わたしは、スマホのメモを読み上げようとした葉月を止めて、

「待って」

　唇へ指を当てる。

　誰かに邪魔されるのは愉快ではないけれど、文句は言えない。音を立てないよう企画ノートをそっと閉じて、じっと待つ。この屋上への階段には、すでに私たちがいるって察すれば、きっと引き返してくれるだろう。こんな辺鄙《へんぴ》な場所に用があるなんて、どうせ二人っきりで密会したい恋人同士くらいなものだ。

　そう、思っていたのだけど……。

「え、ジュンジュン?」

　葉月が勢いよく立ち上がり、驚きで声を張りあげた。

太い黒縁メガネ、顔を隠しがちな黒いストレートヘア。ダンス動画での印象とかなり違うけれど、そのすらりとした長身と、彫刻のような目鼻立ちは、まさしくあのジュンジュンだ。

その、同世代から憧れられるインフルエンサーが、踊り場に立って、こちらをまっすぐ睨み上げている。なぜそんな氷のような冷たい眼差しを向けられるのだろう。

やっぱり何か、嫌われるようなことでもしたのだろうか。

あるいは、単純に私たちがこの場所を占拠していることが、気に入らないのだろうか。もしこれからダンス動画を撮るつもりでここへ来たのなら、まさに私たちこそお邪魔虫に違いない。

片や、登録者数六十人程度の零細配信者。片や四十二万人の超有名人。プラットフォームが違っていても、格の違いは歴然としている。

だから、退去するべきは、私たちだ。

「ごごごごめんなさい。すぐ場所を空けますね」

立ち上がりながら企画ノートを拾い上げようとしたら、慌てていたせいで、ぽろりと取り落とす。慌てて伸ばした左手が、間抜けなことに、むしろノートを弾き飛ばしてしまった。

それはバサバサと宙を舞い、あろうことかジュンジュンの足許へ。

（やめて！）

心の祈りもむなしく、それを拾い上げたジュンジュンに中身を見られてしまった。

読まれた——。

私の視界の中で、その形のよい唇が「フッ」と笑みを作る。

笑われた——。

何ページか、ぱらりとめくり、そのたびにジュンジュンは少し笑う。

もう、生きていたくない。

やがて……。

「ごめんなさい。ついつい中身を見ちゃいました」

ようやくノートを返してもらえた。生きた心地もなく、ふわふわと魂がさまようような感覚で「お邪魔しましたー」と一歩をふらり踏み出した、そのとき。

「わたしを、動画の仲間にしてください」

何歩か後ろに下がったジュンジュンが、深々とお辞儀した。

他の誰でもない、私たちに向かって。

意味をはかりかねて、葉月と目を合わせる。

ジュンジュンが放ったその言葉は、予想もしない波乱の幕開けになった。

第3話　インフルエンサー

「ねえ、どうするの？　断る理由なんてないでしょ」

葉月《はづき》の家で、企画会議のつづきをしていると、私の顔を覗きこむように、

「だって、あのジュンジュンなんだよ！」

昂奮気味の葉月は、すっかり目を輝かせている。

私はローテーブルの前で、M字にぺたんと座りこみ、企画ノートへ下手なイラストを描き加えつつ各種アイデアを検討したり、これまでの雑談で生まれたヒントをメモしてみたり……のつもりなのだが、どうしても気がそぞろになる。

（このノートを、ジュンジュンは笑った……）

人に悪意があるなんて思いたくはないけれど、彼女ほどの配信者からすると、もしかして的外れな企画だらけだったのかもしれない。

あちらはダンス系で、活動のジャンルは違うけれど、いろんな配信者との交流があるだろうし、きっと目が肥えているに違いない。

稚拙だと笑われても、仕方がない。

なのに、なぜ「一緒に動画をやりたい」だなんて言ってきたのだろう。

思考が宙に浮き、シャーペンの手も止まりがちだ。

「私だってびっくりしたし、その申し出に飛びつきたいとも思ったけど……葉月と二人でやってるところに、いきなり超有名人が飛びこんできたら、それはもう『晴れ娘』じゃなくなる、っていうか」

とにかくあのとき、屋上への階段場では返事を保留した。というより、頭が混乱して「考えておきます！」なんて叫んで逃げるしかなかった。

慌てすぎて、階段付近を通りかかった女子の背中に、ぶつかりそうになった。

「だからさ、断ろうと思うんだ」

きっぱり決意した。シャーペンを握る手に力がこもる。語気を強めないと、心が揺らぎそう。相手はあのジュンジュンなんだ。私だって、本当は飛びつきたい。

「そっかー。弥生《やよい》がそう言うんなら、仕方ないかな。ものすごい強力なメンバーで、一気に飛躍できるかなって期待したけど」

未練たらたらに葉月はベッドへ飛びこみ、天井へ向かってため息を発射した。

私なりに、いろいろ考えた上での結論だ。お昼に見たジュンジュンの態度に、反感にも近い感情が胸に居座って、自分でも持て余している。

以前、廊下で目が合ったとき、少し離れた場所に立っていたものの、こちらへ向けてくる視線がとても冷たい気がした。少なくとも好意的な印象ではなかった。

今日のお昼でも、踊り場からこちらを見上げる表情は硬くて、友好的には見えなかった。気のせいであってほしいけど。

「弥生、弥生ったら、どうしちゃったの、ぼーっとして」

「あ、うん」

我に返って、ペンを走らせる。企画ノートへ向き合っていると、思考がぐるぐる高速回転する。パソコンやスマホより、ずっと考え事に向いている。

「ねえ葉月。ジュンジュンがわざわざ『晴れ娘』に加わるメリットって、ある？」

「んー、メリットかあ。うちらが楽しそうだったから、とか？」

たしかに楽しい。伸びない登録者数に、二人で悩むところも含めて、ぜんぶ楽しい。

「でもさ、うちらとはずっと面識がなかったし、クラスも違う。もしジュンジュンがダンス系じゃない普通の動画をやりたいなら、一人で始めるか、もっと他の有名配信者と組むとかできるはずだよね」

ジュンジュンの真意が、まったくわからない。

というより、気味が悪い。

「う〜ん、もしかしてさ、ジュンジュンなりに、行き詰まっていたとか？」

言いづらそうに、葉月なりの分析を語るが、

「想像しづらいなあ……。むしろ、うちらの舞台であるＷｅＣｏｏｌは、かつての勢いがなくなってるくらいだし。一方で、ジュンジュンが活躍するＣｈｉｋＴａｃｋは

元気いっぱいで、いろんなバズりを生み出してるんだよね」

　こないだ、駅前で葉月のお姉さんも言ってた。「斜陽」だ、と。配信者の数は飽和状態で、ベテランの一流配信者も思うように収益が上げられず苦戦している。それに比べてＣｈｉｋＴａｃｋは、実にわかりやすいムーブメントを提供しつづけている。

「短い再生時間でインパクト勝負をするＣｈｉｋＴａｃｋの強みは、面白いものがあると、それを真似するのも自由なとこ。結果、それが元ネタを一気に拡散することにもつながる。ジュンジュンのダンスを真似る人、たくさんいるしね」

「あーね。でも、大きくバズる一方で、しぼむのも早いかもね」

　さすが葉月だ、飲みこみが早い。そうなのだ。輝けば輝くほど、それほど時を経ずして悲しくしぼみ、すぐに忘れられてゆく。

「で、ＷｅＣｏｏｌのほうはというと、昔はともかく今はある意味安定していて、企画やキャラで、こつこつ築いてく感じになってる」

　その、両者の特性の違いを考えてみたら、まだ人気があるうちに、次の活動基盤を考えようという気持ちになるのは、理解できる。あくまで仮説にすぎないけれど。

　動画バブルが終わって先細りする一方だと、配信者たちからでさえ陰口を叩《たた》かれているＷｅＣｏｏｌだが、動画投稿サイトとしては、依然として世界最大なのだ。

「やっぱり、わかんないなあ。もしプラットフォームを変えたいとしても、人気絶頂の今なら、一人で始めてもいいじゃん？」

「それなんだよね……謎なのは。まだ学校内でさえ、他に『晴れ娘』のことを知ってる子なんていないのに、わざわざ仲間にしてほしいって言い出すなんて」

いや、それにも増して謎なのは、

(どうして、あのジュンジュンが『晴れ娘』の正体を知ったんだろう。マスクで顔を隠してるし、すぐに私たちへ結びつくとは考えづらいのに)

彼女の真意がどうであれ、やっぱり第三者が入る余地なんてない。

「それよか、こないだの蛍の動画の最終チェックしようよ。葉月の編集が楽しみ」

「ふっふっふ、エモエモのエモで演出した力作だよ。蛍も案外と綺麗に撮れてた」

そんな葉月の自信を裏切らず、二人の友情が素敵な仕上がりになっていた。

これを本番アップしたあとは、エナジードリンクで乾杯をした。


翌日のお昼。

「断って、変に嫌われないといいけどなあ」

とりカツパンを頬張りながら、葉月は少し緊張している。

この屋上階段へ、ジュンジュンがまた来るかどうかは未知数だ。

昨日は単なる気まぐれで、私たちをからかっただけかもしれない。今頃、C組の教室で「底辺チャンネルをからかってきた」なんて大笑いしているかもしれない。

そんな想像をするのは、結構つらい。ジュンジュンのダンスは数えきれないほど閲覧して、「いいね」のハートマークも無数につけてきた。同年代なのに、すごく輝いていて憧れですらあった。

そんなジュンジュンが、いじわるな子だったなんて思いたくない。

「みんなに見られる存在ってさ、やっぱり人柄も重要なんだと思う」

その点「晴れ娘」なら、きっと大丈夫。私はともかく、葉月みたいに陽気で友達思いで人のために熱くなれる子は、いろんな人たちから好かれる。実際、小学生の頃から葉月はクラスでいつも中心にいて、人気者だった。

タン――。

階段の下のほうから、足音が響いた。

学校の上履きは、硬い床でもそんなには響かない。なのに、私にはとても深くて大きな音に聞こえた。この瞬間を恐れている私の心情が、そう感じさせたんだろう。

――断るんだ。

さもなければ、私たちの「晴れ娘」が、引《ひ》っ掻《か》きまわされる。

もしこれまで見てきたジュンジュンの対応が、もっと好意に満ちていたのなら、歓迎できたかもしれないのに。

タン、タン、タン、一段一段、足音は一定のリズムで容赦なく近づきつつある。

——断るんだ……。

踊り場へ姿を現したのは、やっぱりジュンジュンだった。昨日と同じようにこちらを見上げるその顔には、表情がない。

心臓が、今にも飛び出しそうだ。肋骨をへし折って、皮膚を突き破りそう。

「また来てごめんなさい。わたしを、動画の仲間に入れてください」

——断るんだ！

人からの申し出を否定するのが、こんなにもきついものだったなんて。しかも相手が大物なだけに、なおさらのこと。誰かを拒絶するのは、とても気力を消耗する。

かつて中学の三年間を通じて、葉月からの誘いをずっとかわしつづけていたけれど、あれは仲よしだったから平気でできたことなんだ。

固まっている私の肩を、後ろから葉月が叩く。代わりに言おうか、と。首を横に振って、大丈夫、と振り向くことなく意思を伝える。

鼻で深呼吸。思い切って口を開こうとした、そのとき。

「わたしが参加すると、飛躍的に上昇できるはずです」

ジュンジュンが放ったその一言が、私の心へ炎を宿した。

「いえ、結構です」

これは、きつい口調だっただろうか。でも柔らかくコントロールするなんて無理だった。脊髄反射的に放った言葉だったから。

一瞬、ジュンジュンの両目が大きく見開く。

――怖い！

一度は不快な気持ちになったものの、怒りにも似たジュンジュンの顔に、すぐ怯《ひる》んでしまった。顔立ちが整っているだけに、なおさら迫力がある。

私の代わりに、さっと階段を下りた葉月が、

「ごめんね、ジュンジュンさん。今は二人でやりたいって結論になったんだ。思ってもみなかった申し出で、最初は喜んだんだけど……」

気遣う笑顔で、葉月は私を代弁してくれている。

けれどジュンジュンは、そんな葉月を無視し、まっすぐ私を見上げながら、

「わたしが入る余地は、ないんですか？」

ここまでしつこく執着されると、不気味さが増してくる。どう考えてもジュンジュンにメリットのないことを、どうしてこうまで喰い下がろうとするのか。

何を企んでいるのかは知らないけれど、もはやここで負けるわけにはいかない。

自分でも驚くほど、毅然《きぜん》とした態度で言葉が出てきた。

「葉月と二人でやってるチャンネルに、ジュンジュンさんみたいな大物が入ると『晴

れ娘』は違うものになっちゃう。私は葉月と二人でやっている、今の『晴れ娘』を守りたいんです。どうかご理解ください」

今、この空間には青い稲妻が疾《はし》っている。階段の下と最上段。ジュンジュンと私との間に、そんな緊迫感が満ちている。

こんなはずではなかった。単に断るだけのつもりが、こんなにも険悪になるなんて。でも、許せなかったんだ、仕方がなかったんだ。

圧倒的な力を持つ人が、相手の事情や思いも無視して、自分の傲慢さを押し通す。そういう者の態度に、私は敏感だ。

ジュンジュンは、正しい。

彼女ほどの有名人が加われば、飛躍は確約されたも同然に決まってる。

でも、違うんだ。

私が求めているのは、それじゃないんだ。

ああ、もうだめだ。

昨日までは、ジュンジュンは憧れの人だった。なのに実際の彼女は、こんな人だった。こんなにもあからさまな敵意を投げつけられたら、もう元には戻れない。

これから私は、手痛い仕返しをくらうのかな。相手は目も眩《くら》むほどのフォロワー数を誇る人気者だ。そんな彼女に、もし攻撃されたら、きっとひとたまりもない。

悲しいけれど、ジュンジュンのフォローを外すしかない。

傲慢な人にねじ伏せられるのは、金輪際《こんりんざい》、無しにしたい。誰にも夢を邪魔されたくない。自分より大きな存在からの上から目線には、もう二度と負けたくない。

張り詰めた空気の中で、葉月が動いた。一段、二段とさらに階段を下りて、

「ほんと申し訳ない。でもうちら、ジュンジュンさんのダンスとか大好きだから、今後も応援……」

「近寄らないでください！」

ジュンジュンは絶叫し、数歩下がった。

「あ、ご、ごめん。気を悪くさせちゃったね」

相手へ触れようとした葉月の手が、所在なげに空《くう》をつかんでいる。葉月の親しみがもてる明るさは、小学生の頃からいつも周囲をなごませてきた。クラスで誰かが喧嘩《けんか》したときも、気さくな雰囲気で割って入り、いつの間にか仲直りさせてきた。そんな様子を、私は教室の隅から何度も目撃してきた。

そんな仲裁の上手い葉月だけど、今度ばかりは勝手が違う。

たぶん、葉月は私の側の人間だから。

そのままジュンジュンは、走り去っていった。

トントントン……と駆け下りる音だけが、むなしく階段場に反響する。

振り向いた葉月は、困惑のため息を吐いた。

すっかり「晴れ娘」の拠点として定着した、葉月の部屋で。

「いつも使わせてもらって、ごめんね。私ん家《ち》は動画やってることバレたら、うるさいから」

「や、むしろ、しょっちゅう弥生が来てくれるの嬉しいし楽しい。親世代が動画配信に理解ないのは普通だしね。うちの親なんかは『弥生ちゃんが一緒なら……』って、大目に見てもらえてる感じ」

少し、苦笑がもれる。葉月の親御さんは、私が真面目系と思ってくれているらしい。単に学校の成績がよかっただけなのに。

とはいえ。

本当に謝りたいのは、いつも部屋を使わせてもらっていることではない。

今日の出来事で、どうやら葉月までジュンジュンから嫌われたみたいだ。私のとばっちりだけど、人はあんなにも強烈な嫌悪感を剝《む》き出しにできるものなのか。

人から好かれて当たり前の人生を送ってきた葉月にとって、結構堪えたはず。みんなに憧れられるジュンジュンが、あんなに傲慢な人だったことは大きなショックだったけど、今はむしろ、葉月への申し訳なさが勝っている。

「人って、周囲からちやほやされると、人を見下すようになっちゃうのかな……」

企画ノートへ目を落としながら、ふっとぼやくと、

「でもさ、弥生はいつも歯がゆいくらい謙虚だし、大丈夫だよ。すごい有名人になれたあとでも、きっとそのまんまだよ。あたしは調子に乗りそうで、炎上させちゃうかもしれないけど。そのときは火消しをお願いね、弥生」

「いや、一生そんなバズりなんて来ないかもしんないし」

「いや、バズるよ絶対。そんな予感とか期待とかさせてくれる……なんて言うか、空気みたいなのを、弥生はまとってるんだよ。三年間もかけてあたしが説得したくらいだし。飽きっぽくて諦めの早いあたしが、だよ」

「私のどこを見てそう思ってくれたのか、いまだに謎だよ」

「あえて言うなら、小学校の頃に企画ノートを見せてもらったときかな。びっくりしたもん。あんなにも緻密で具体的な企画を立ててたんだよ、小学生なのに。大雑把なあたしには絶対に真似できないし、内心びびってたんだよ」

葉月と初めて言葉を交わした、あの教室。陰キャと陽キャの、奇跡の出会い。

「プールの中でダンスするとか、桜まつりの屋台を喰い荒らすとか、その他いろんなアイデアの中で、あたしも一緒になって動画を楽しむ姿が想像できちゃったんだ」

「そこまで買ってくれてるって、ちょっと、どんだけなのよ」

「弥生はそうやって照れて笑ってるけどさ、あのジュンジュンの目を引くくらいだよ。あたしの直感は正しかったよね、って今日は確信した」

小学生までの私は、そんなにも輝く何かを秘めていたのだろうか。

今の私からすれば、書きこみ量だけは誇れるけれど、中身は大したことがない企画ばかりだった。小学生のアイデアなんて、高が知れている。

幼い頃からずっと、いつも片隅に身をひそめて、ただ動画企画を夢想するにすぎなかっただけの子なのに。今も、それは変わらない。

満を持してついに始めた動画は、二か月以上を経た今もなお大して振るわない。葉月にとって期待はずれだったんじゃないかと、不安がよぎることもしばしば。

あのジュンジュンが「晴れ娘」の動画がよかったから接触してきた、なんて考えづらい。自分でも「こんなんじゃ、ダメだ……」としょげたり焦ったりしているくらいだし。登録者数と閲覧数の少なさは、何よりも雄弁にそれを物語っている。

ただ、これだけは誇れる。

動画が好きという気持ちと、相方になってくれた葉月の存在そのものを。

（あるいは、企画ノートそのものより、私の動画好きな部分に、葉月は感応してくれたのかもしれない）

思考がさまよっている私へ、

「とりま、難しいこと考えず、前へ一歩踏み出そうぜい」

通学リュックの中から、葉月は四冊の本を取り出した。学校の帰りに図書館で借りてきたものだ。

「あたし本とか読まないから、自信ないんだけどなあ。文字しかないのがつらくて」

「葉月は苦手かもだけど、動画のジャンルの幅を広げるためにも、今のうちに試行錯誤で経験を積んでおきたいんだ。書評の企画も、悪くないんじゃないかって思うし。収益に無関係な未成年のうちだからこそ、広く浅く挑戦しておきたいし」

ローテーブルに並べてあるのは、上田を含む全国各地を舞台にしたご当地ライト文芸で、これなら読書が苦手な葉月でも楽しめる……はず。そう祈りたい。

上田以外の地方の作品も選んだのは、比べてみたかったからだ。他の地方は、どんな魅力をかもしているのか、とか。

読みきれず挫折したら、それはそれでネタにしよう。

「四冊あるから、二冊ずつ分けようよ。まずこの千葉県を舞台にした『外食女子の黒岩さん』だけど、ええと……家庭に悩みがある主人公が、ぐるぐるメガネ女子の黒岩さんに、意外と農水産物が豊富な千葉県内の美味しい店へ連れ回されるうち、普段は見過ごしてるものにも魅力があると気づいて、心が救われるの。でも黒岩さんにも秘密が……」

文庫本の裏表紙にあるあらすじを読み上げる。

「食べ物系は、弥生担当で！」

「どちらかというと胸キュン系なんだけどな。じゃあ次の『怨霊とガーネット』だけど、これは秋田のお話だね。夏の帰省先で怨霊に取り憑《つ》かれた主人公が、古びた血のような色のガーネットに秘められた謎を追って、抱腹絶倒の珍道中……」

「パス！　怖いの無理！」

強烈な拒絶をくらった。表紙はポップで明るく、むしろ主人公たちの掛け合いが笑える感じみたいなのに。

「じゃあ、こっちの『ツーリング！』だけど、性格もバイクの車種もバラバラの四人が不協和音を奏でながらも、最後には団結して青森県一周のツーリングへ旅立つ、熱量と爽やかさMAX百二十パーセントの……」

「それ、いいね！　いつかバイクの免許も取りたいし」

「決まりだね。次は『もののふぐさり』で、通称『ものぐさ』って物語。これは長野県を舞台にしてるね。主人公が、太った事実にぐさりとなって、一念発起して過去のものぐさな自分と決別すべく、長野県名物のりんごを使ったダイエットに挑戦して……」

「ダイエットいいね、読む読む！」

葉月の能天気さには、なんだか救われる。

どこまでが計算なのかはわからないけれど、好き勝手言ってるようでいて、どうふるまえば場がなごむかということに全力を傾けてくれているのは、すごく伝わってくる。葉月はリーダー的なようでいて、実は徹底的なサポート役だと感じている。

グループの中心にいて、太陽のような存在なのに、実際はグループ全員をそれとなく支えてきたのが、小学生時代から見せてきた葉月の真骨頂だ。

ずっとずっと、この先も一緒に動画をやっていきたい。

たとえ、バズることなく、底辺でありつづけたとしても。


翌週。

梅雨《つゆ》にさしかかろうとする季節。晴れる率が高い上田でも、上空には分厚い雲が広がり、土砂降りがつづいていた。

そんな鬱々とした天候の中、学校中が震撼《しんかん》した。

いや、全国の小中高生に、衝撃が疾《はし》った。

昨日の日曜夜、トレンド・ニュースに浮上していて、私の目にも留まった。

「どういうこと？」

と首をかしげながら、そのニュースをタップすると……。

ジュンジュンの動画アカウントが、消失したらしいのだ。あまりに唐突すぎて、憶測ばかりがSNSを賑わせていた。

何かの誤爆ニュースかもしれないとも思ったが、実際にアプリを起動して、アカウントを検索してみると、本当に、ジュンジュンが忽然《こつぜん》と消えていたのだ。

あれだけの人気を誇っているんだ、単に運営側の手違いでそうなったのかなとも思ったけれど、さまざまな人の反応を見ると、どうも違うらしい。

もうあの人のことは視界に入れないようにしよう……そう誓っていたのに、こうなると気になって仕方がない。

実際にジュンジュンの発言を確認してみると、

「突然ですが、思うところあってＣｈｉｋＴａｃｋを引退しました。次に何をするかは秘密ですが、いつの日かまたみなさんの前に現れるかもしれません」

におわすような宣言が投稿してあった。これでは全国がざわつくのも無理はない。

胸騒ぎがして、ならない。

そして今日。学校へ行ってみると、クラス中がその話題で持ちきりだった。

(まさか、私がジュンジュンの申し出を断ったから?)

そんなわけがない。近い過去にあった出来事をこじつけたくなるのは人情だけど、どう考えてもつながりはない。あるいは、引退しなければいけない事情があったからこそ、ジュンジュンはとち狂って「晴れ娘」にコンタクトを取ったのだろうか。

（そういえば……こないだ屋上への階段場で会ったとき、ジュンジュンは切羽詰まった目をしていた気もする）

あの硬い表情は、どうとでも解釈できるかもしれない。例えば、順調なようでいて、私たちの推測どおり、あのダンス系動画は行き詰まっていたとか。

（いやいや、そんな雰囲気とかぜんぜんなかったし）

今もなお着実にフォロワーを増やしつづけていて、しかも十五秒から三十秒のダンスを一本あげるごとに、最低でも十万ビューを稼いでいた。多いときは百万ビューだ。一般的に人気のある配信者は、このくらいレベルが高い。

どうしたって、アカウントごと動画を削除する理由なんて見当たらない。

チャイムとともに担任が教室へ現れ、朝のホームルームが始まった。

教壇からの話を聞き流しながら動画企画のアイデアを練る、私にとって一日のうちでも大切な時間が始まった。


さらに次の日の朝。

「ねえ石動《いするぎ》さん、隣のB組の砺波《となみ》さんと仲よかったよね？」

席へ着くなり、三人の女子がそっと私を囲んで顔を近づけ、ひそひそと妙な質問をしてきた。

「ああ、葉月？　うん、中学が同じだったしね」

　大切な動画仲間であることは、伏せておく。学校で積極的に動画をやってるなんてことは、わざわざ喧伝《けんでん》する必要はない。

「じゃあ、小学校も一緒？」

「え、うん、一応ね。五年生から」

「あのね、石動さん……」

　クラスメイトたちは周囲をはばかるように近寄り、声をぐっとひそめて、とんでもない誤解が出てきた。

「砺波さんが、昔いじめっ子だったたって、本当？」

　私を囲む三人からは、嫌悪感さえにじみでている。

「え、そんなわけないよ。葉月はすごく友達思いだし、気配りもすごい子なんだよ」

　慌てて打ち消す。彼女らは微妙な表情で、互いに視線を交わすと、

「ごめんね石動さん、変なこと訊いちゃって」

　取り繕うような作り笑いで、三人は元の席へ戻っていった。

　おそらく、私は自分で思う以上に、不機嫌な顔をしていたのだろう。さっきの女子グループが、遠くから困惑気味に、こちらを窺《うかが》っていた。

葉月は、誰かをいじめるどころか、いじめを絶対に許さないタイプだ。六年生の秋、いじめられそうになっていた私を救ってくれたことが、その証拠だ。少なくとも目の届く範囲にいる人たちには、みんなで仲よくしてほしいと願っている子だ。たとえ反りが合わない者同士がいても、せめて程よい距離でお互いに尊重しあおうよと提案できる子なんだ。

葉月は太陽だ。自分が光るためではなく、周囲のみんなを輝かせるために、惜しみない光を提供する太陽だ。

私だけではなく、葉月を知る人たちなら、きっと同じ意見だろう。

なのに、なんであんなデマが……。

（待って！　葉月をちゃんと知ってる子、この高校では私くらいしかいないよね）

上の空で受けた一限目の授業中、はっと気づいて不安になる。

入学式から二か月半ほど経つが、その間ずっと私と動画ばかりやっていた。本来ならば交友関係の広い葉月が、他の子と仲よくなる時間さえ惜しんで、撮影と編集に明け暮れていた。

一限目が終わるやいなや、そわそわと隣のＢ組を覗いてみる。葉月は、ぽつんと窓際の席で空を眺めていた。その横顔に、笑みはない。

とても心配なのに、私のような引っ込み思案な者にとって、違う教室へ入るなんてハードルが高くて、足がすくむ。

葉月らしからぬ、ひとりぼっちの過ごし方が気になるのに、私は一歩も踏み出せないまま、自分の教室へ戻るしかなかった。


「ねえ石動さんってさ、うちのクラスの砺波さんと同じ中学だったんでしょ!」

トイレで手を洗っていると、B組女子の二人から唐突に声をかけられた。

「う、うん、そうだけど……」

つとめて平静に、何でもないことのように手を洗いつづける。

「小学二年のとき、砺波さんがジュンジュンのこと、いじめてたって本当?」

「え⁉」

デマにしては、釣り針が大きすぎる。

「ねー、そりゃ驚くよね」

「え、ちょっと待って石動さん。知らなかったの?」

私の頭の中は真っ白にフリーズした。ああ、どうやらこの二人、私が驚いてた理由を取り違えたらしい。単に「いじめ」を知らなかったものと解釈して。

同じクラスのくせに、葉月がそんな人間に見えるのかよ。

二か月半も一緒の空間で過ごしていたのに⁉

知らないも何も、そんな事実すら存在していないのに！

そもそも、なぜジュンジュンが私たちと同じ小学校だった設定になっているのか。

他にも何か話しかけられていたようだけど、私は憤りと動揺がごっちゃに混ざりあって、それどころじゃない。

トイレを飛び出し、今度こそB組へ突入しようかという衝動にかられ、猛然とその扉へ向かいかける。

チャイムが鳴り、はっと我に返った。

人の姿が急速に減りつつある廊下で、怒りのレベルがぐんぐん上がってゆく。

これは、ジュンジュンからの攻撃なのだ。

なぜ⁉

理由なんて、これっぽっちもわからない。

ジュンジュンを不快にさせ、怒らせたのは、この私なのに。

ただやるせないのは、

(あまりにひどすぎる。そんな誹謗《ひぼう》中傷で葉月を貶《おとし》めるな。狙うなら、報復するなら、私のほうだろ！)

悔し涙がにじみでる。自分が直接攻撃されるのも怖いけれど、それ以上に、自分以外の親しい誰かを狙い撃ちにされるほうが、はるかにダメージが大きい。

床へ、足を蹴りおろす。上履きのゴム底だから、床に当たってもその勢いは大きく削がれて、子供っぽい地団駄にしか見えなかっただろう。

そんな私の様子を、くすっと笑った男子が走り去り、教室へと消えていった。


あまりに長い午前が終わった。

教室の壁一枚をへだてて、孤立しているかもしれない葉月へ、手を差し伸べることもできないまま過ごした。どんなに悔しい思いをしても、所詮私はチキンなのか。

でも、お昼なら二人きりになれる。

チャイムと同時に、お弁当と企画ノートを手に教室を出ると、

「ん、葉月?」

廊下の隅で、何人かの女子たちに囲まれていた。不穏な空気の中、何かを懸命に弁解しているように見える。それでいて、相手は聞く耳を持つ様子もない。

——助けなくっちゃ。

そうしたいのに、足がすくむ。

こんなとき、葉月だったら、肌がひりつく空気も厭《いと》わずその輪へ飛びこみ、いい感じで場を収める。でも今、その葉月はいじめられる側で、助けられる人なんて、どこ

にもいない。

（いや、いる。私がいる！）

それでも足は動かない。あの女子の包囲網に、自分もまた詰め寄られる光景を想像すると、怖くて怖くて、情けない気持ちにからめ取られる。

通りすがりの生徒たちが、遠慮のない好奇の目を放り投げてゆく。

あのジュンジュンを敵にまわしたんだ、誰も葉月を弁護しようだなんて、思いもしない。

ふっと、あの日の光景がよみがえる。葉月が私を助けてくれた、小学校の教室でのあの出来事だ。葉月はまさしく救世主だった。

今、葉月はあのときの私と同じように囲まれて、身に覚えのない罪で糾弾されている。嘲笑されるのも悲しいが、無実の罪で責められるほうがはるかにつらいはずだ。

（動け、私の足と口）

葉月はかつて、理不尽な包囲網から私を救い出してくれたじゃないか。

なのに私は、なんて情けないんだ。

誰にぶつけていいのかわからない激しい感情に、眩暈《めまい》を起こしかけた、そのとき。

葉月と、目が合った。

その刹那。

何かをうだうだ考えてしまう前に、葉月の包囲網へ割って入り、その手首をぐっと握った。誰の顔も見ないよう、二人でその場を離脱する。

「ちょっと、何すんの?」

「痛いじゃないの!」

「ちょっと、ぶつかったじゃないの。加藤さんに謝りなよ!」

あの女子たちと少し身体がかすったけれど、そんな罵声に耳を貸している場合じゃない。とにかくほんのわずかでも、私たちが一息つける空間へ逃げこみたい。

ああ、学校中が敵にまわった気がする。


「あはは、まいったよー」

屋上階段場の最上段へ腰を下ろした葉月の口調は、いつもと変わらない。けれど声は少し震え気味で、その明るさは、心なしか涙の色に染まっている。

「朝さあ、いつものように教室に入ったらさあ、なんか空気がいつもと違ってたんだよね。毎日仲よく絡んでる子たちも変によそよそしくて、調子が狂っちゃった……あれー変だなあって思いながら、おはよーって……」

そこまでが限界だった。言葉の末尾は涙に溺れ、葉月は口を手で押さえた。その手の甲に、大粒の涙がぽたりぽたりとこぼれ落ちる。

私はどうしたらいいのやら途方にくれて、いつもの葉月みたいには上手に慰めたり励ましたりもできなくて、ただ、ふんわり包みこむようなハグをするしかなかった。

隣に座って、肩を両腕で抱いて、頭を寄せ合って。

食欲に拒否されたお弁当箱が、所在なく段ボールの上でちんまり佇《たたず》んでいる。企画ノートもだ。

「えへ、へへへ。なんか泣いちゃった。いじめられたり責められたりする人とか見ると、とにかく助けなきゃって今まで思ってたけどさ……いざ自分がその立場になると、想像をずっと超えてて、かなり、かなり、きつかったよね」

人の気配のない階段場は、静かにしていると、時間の経過がわからなくなる。

もう、教室には戻れそうもない。

私はまだ被害を受けてはいないけれど、それも時間の問題だろうし、あの空間へ戻るのが、もう嫌だ。このまま二人で学校から逃げ出そうか。ああ、でも荷物が教室に残ったままだ。

あるいは、保健室。

いざとなったとき、保健室こそ学校の中で絶好の避難場所になると聞いたことがある。養護の先生なら、話をちゃんと聞いてくれるのかな。

大人がどこまで当てになるか、信用できるか、未知数すぎて不安しかないけれど。

梅雨のせいで湿度が高い。気温は低いのに、空気が蒸して肌にまとわりつく。暑いのか寒いのか、よくわからない。屋上階段の天井付近にある窓は、まるで夕方のように薄暗い。

(陥れるなら、私だけを狙えばいいのに……卑怯者!)

窓の外の暗雲を、じっと睨みつける。

二人で身を寄せ合いながら、これからどうしようかと思考にさまよっていたとき。

——タン。

階段を踏みしめる乾いた足音が、下から響いてきた。

二人同時に、びくり、身を震わせる。

——タン。

足音はゆっくり着実に近づいてくる。

逃げこむことで精一杯で、すっかり忘れていた。

ジュンジュンがいるかぎり、ここはけっして安全な場所ではない、という事実を。

第4話　過去のあやまち

――タン。

足音は、踊り場で止まった。

階段手すりのところで、ジュンジュンがこちらを無表情に見上げている。

恐怖と緊張に固まっていた私は、けれど一瞬、別の意味でも目を見張る。

(あれだけ艶やかで豊かだった髪が、すごく短くなってる!)

それはショートボブを超えた短さで、凜々《りり》しく整った顔立ちを引き立てていた。

その、思い切ったイメージチェンジに驚いたのも束の間、すぐに怒りを取り戻す。

私の腕の中で、葉月《はづき》が身をこわばらせたから。

どうして、こうなってしまったんだろう。

力の強い者に「否」を突きつけることが、そんなにも悪いことだったのだろうか。

相手の身勝手な思い通りにならないだけで、こうも手痛いしっぺ返しを受けなければいけないのだろうか。

そもそも動画なんてやらなければ、こんなことにはならなかった。

(夢を追いかけたい。ただそれだけのまっすぐな願いって、こんなにも罪なの?)

だとしても、もう葉月を巻き添えになんてできない。

狙うなら、私一人を狙え。

もし本当にそうされたら、明日からきっと地獄の高校生活に変わる。

でも、葉月をこれ以上傷つけることのつらさよりも、ずっと上等だ。

誰にも相手にされない陰キャ人生には、もともと慣れている。

葉月はたくさんの人に囲まれてこそ、本領を発揮できる。

だから――。

「葉月は関係ない。私が、話を聞くから」

静かに、そう言い放った。

覚悟とか、そんな大層なものはない。選択肢がないまま、唯一許された道へと、一歩を踏みしめただけだ。

それまで無表情だったジュンジュンの口角が、にわかに上がり始める。

さぞかし残忍な冷笑を浴びせられるのだろうな。敗者は、それを甘んじて受け入れなければいけない。かつて一度、動画を諦めたときに得た人生訓だ。

ところが……。

「今度こそ、わたしと一緒に動画をやってください！」

嘲笑うどころか、ジュンジュンの口は、華やいだ笑顔に変わっていた。

――。

理解が追いつかない。

ただ、とにかく認識できるのは、ジュンジュンが階段を駆けのぼり、私の手をぎゅっと握ってきたこと。

私たち「晴れ娘」を、たった一日でこんなにも追い詰め、ぼろぼろにし、特に葉月を奈落の底へ突き落とした張本人が、屈託のない熱い握手をしてくる。

「あの、わたし、上手く言えないけど……あれからずっと考えたんです。何が一番大事なのかって。だから、思い切ってジュンジュンであることを捨てようと決意したんです。いっそ髪もばっさり切って、これまでのイメージとも訣別《けつべつ》して」

声が、どこか遠くから、うつろに響いている。

わからない。彼女が何をしゃべっているのか、まったくわからない。

「こないだは、あんなことを言われて……傷ついて……つらかったけど『ジュンジュン』の存在が『晴れ娘』にとって邪魔になるのなら、全部捨て去ることに、ためらいはないって思えたんです。ほら、これを見てください」

パーカーのポケットから何かを取り出し、せっせと装着した。それは六文銭のヘアバンドと雁金のウレタンマスク。動画を参考にして作ったのか、再現度が高い。

この人は、サイコパスなのだろうか。ジュンジュンが嬉しそうにするごとに、こちらには恐怖しか湧いてこない。

「ねえ、あの……ジュンジュンさん、なぜアカウントを消しちゃったんです？」

「はい、それ、みんなからも散々言われちゃいました。でも本当の気持ちを伝える相手は、石動《いするぎ》さんしかいないと心に決めてたから。ＳＮＳでは『次のステップへの布石《ふせき》だよ』とだけ、曖昧にポストしておいたんです」

違う。そんなことを訊きたいのではなくて……ああ、話がまったく嚙み合っていない。「晴れ娘」を、特に葉月を追い詰めたことに、彼女はまったく頓着していない。

座りこんだままの葉月も、ぽかんとこちらを見上げている。

「わたし、石動さんがいたからこそ、動画を始めたんです！」

輝く瞳をまっすぐに向け、私の手をよりいっそう、力強く握りしめる。

「入学式からしばらくして、廊下で石動さんの姿を見かけたときは、心臓が止まるかと思いました。小さい頃の記憶だけが頼りだったから、自信がなかったし、じっと見つめているうちに、石動さんが怪訝な顔になっちゃって、しまった……と目を逸らしましたけど」

それはきっと、四月の廊下で、互いの視線が合ったときの出来事なのだろう。

「でもそのうち、他の一年が『石動さん』って呼んでいるのを耳にして、確信できました。珍しい苗字だから間違いない。運命の再会だと思いました」

「ちょ、ちょっと待って。まるで、それだと私のことを前から知ってたみたいに聞こえちゃう……」

「そっか、やっぱりわたしのこと、憶えてなかったんですね……」

ジュンジュンが、寂しそうに目を伏せる。

「でも、わたしはずっと忘れていませんでした。途中で転校したけど、小さい頃は同じ小学校で、あの、その……わたしがすごくつらいときに、心を救ってくれた恩人で」

ジュンジュンは上手く言葉がつむげないでいるようだ。四十二万人ものフォロワーを誇るほどの人が、信じられないくらい、物怖じしている。

むしろ、私なんかよりずっと内気な空気感を出しているじゃないか。

訊きたいこと、確かめたいことは山ほどある。整理がつかなくて、どこから手を出せばいいのか、まったく見当もつかない。

一番気になるのは、なぜ葉月をターゲットに、あらぬ噂を流したのかということ。なのに、目の前で邪気もなく、はにかみながら喜んでいるジュンジュンを前にすると、それすら訊きづらい。

いいや。これは重要なことなんだ。

「あの、ジュンジュンさん。葉月は、私のパートナーは、とても思いやりがあって優しくていい子なんです。なのになぜ……なぜあんなデマを流したんですか！」

冷静に切り出したつもりだけど、感情が爆発しそうになり、語尾がきつくなった。

ジュンジュンは息を吞み、ついで困惑の色がにじみでて、やがてか細い声で、

「デマって、なんのことですか」

しらばっくれている、という印象ではない。もしかして本当に知らないのかも、とさえ思わせる驚きっぷりだ。

「……葉月が、ジュンジュンさんをいじめていたというデマです。そんなことが、あるはずがないんです。でも今、学校中がそれを信じこんでいます」

ジュンジュンが、大きく息を吞んだ。

「なんでそんな噂が……？」

あの噂を流したのはジュンジュンだと思っていた。けれどももしかして、

「違うの？　だったらお願い、そんな噂を否定してほしいの」

光明が見えてきた。どこの誰が言い出したのかは不明だし不気味だけど、当の本人を避けるかたちで流布したらしい。噂なんて、本人の耳へ届くのは、得てして一番最後になったりするものだ。

でも本当に知らないのなら、ジュンジュン自身の口で「違う」と説明してくれさえすれば、明日から平和な日常を取り戻せる。

なのに。

なぜだろう、ジュンジュンは後ろ向きに階段を二、三歩下りて、首を振り、何かを深く考えこんでいる。

「ジュンジュンさん……?」

すがる想いで声をかけた、そのとき。意を決したかのような強い目で、ジュンジュンは私を見上げた。

「なぜその事実が知れ渡っているのか、わたしにはわかりません。でも、でも……」

ジュンジュンの視線が、葉月へ移る。そこには、恐怖の色が浮かびあがっていた。

「あの、すみません。もしよかったら聞いてほしいお話があります。どこからお話ししたらいいのか……まず、わたしの母は耳が聞こえない人なんです」

硬い表情で、ジュンジュンは脈絡のないことを語り始めた。

お昼の終了を告げるチャイムが鳴り響いても、私たち三人は誰一人として、気に留めようともしないでいた。


——小学二年の途中までは、ジュンジュンこと翠尾樹音《みすおじゅね》は、本当に私たちと同じ小学校にいたらしい。私とはクラスが違うから、まったく面識はなかったけれど。

ちょうど今頃の時期で、晴れる率が高い上田でも、さすがに重い雨に閉ざされていた、そんな季節だった。

前日、母との買い物に付き合わされ、簡単な手話での通訳を任されていたが、自我が目覚め、多感になりゆく樹音にとって、周囲から奇異に見られがちなその行為を、最近ずっと苦痛に感じていた。

それが嫌になって、家で盛大に喧嘩したのだった。

そのことで気が沈んでいた樹音は、教室でもの想いにふけっていた。そこへ後ろから、トントンと肩を叩かれたのだ。

しゃべれない母が背後から呼ぶときは、そんなふうに樹音へ触れる。

（うるさい、お母さん。あっち行って。嫌い）

やってから、はっとした。ここは家ではなく教室。なのに、苛立ちを爆発させるままに、うっかり手話で返したのだ。肩を叩いたクラスメイトは、ぽかんとしている。

それだけで話が終わってくれたら、どんなによかっただろうか。

「なんだ、あれ」

「しゅわだよきっと。みすおさんちのママ、耳きこえないんだってさ」

樹音は心の中で何度も母を呪った。こんな家の事情なんて、誰にも知られたくないし話題にもされたくなかった。

もう放っておいてほしい。

そう願ったものの、事態はますますエスカレートしていった。

「へんなのー」

女子の誰かが笑った。それを皮切りに、男子が変な動きで樹音の真似をし、教室の笑いを誘う。

もう耐えられない。今すぐこの場から逃げ出したい。みじめな気持ちで樹音は机の表面ばかりをじっと見つめた。涙がみるみる溜まるのを、誰にも見られたくなくて。

「ねね、こんなしゅわもはつめいしたよ!」

クラスでも特にお調子者の女子が、次々と独自の手話を勝手に発明しては、みんなの笑いを誘い始めた。

「おならのしゅわ! これがうんちしゅわ。ばたばたとんじゃうしゅわ!」

それが、砺波《となみ》葉月だった。

彼女が作りだす勝手な手話は、おもしろおかしく大げさな身振りで、それを真似したクラスメイトたちは、わざわざ樹音の目の前で実演するようにまでなっていった。

そんな葉月の姿は、樹音の傷に塩を塗りつづける悪魔にも等しかった。

それからずっと、樹音にとっての地獄が始まった——。

「嘘でしょ……そんなの、憶えてなんか、ない……」

葉月の声が、弱々しい。

その葉月を見つめるジュンジュンには、ぬぐいきれぬ恐怖の色。八年も前の幼い頃の出来事であっても、トラウマはけっして薄まらない。そう物語っているようだ。

「やられたほうは、忘れたくても忘れられない……でも、やったほうは、いともたやすく忘れちゃう」

恐怖を超える強さで、憎悪の光がジュンジュンの目に宿ってゆく。

「石動さんと再び出会えたことを喜びたかったのに、その隣にはいつも……いつも砺波さんがいた。近づきたかったのに、怖くて近づけなかった」

外の雨音が少し大きくなってきた。不意に湿度があがったのか、肌に不快な汗がにじんできた。

ふっと、こわばっていたジュンジュンの頬がゆるむ。

「おかしいですよね。耳が聞こえないお母さんのことを恥ずかしく思っていたのに、いざ他の人に馬鹿にされると、お母さんのことが穢《けが》されたみたいに感じて、悲しくて、憎くて、やるせなくなるなんて」

よく見れば、ジュンジュンは肩で息をしている。それほどまでに深い傷を、語っているのだろうか。この告白には、よほどの勇気が必要だったのかもしれない。

「もうすぐ長野市に引っ越しだし、それまでの辛抱だと思ってたから、耐えていられたけど、ある日、どうしようもなくて教室を逃げ出したんです。それで、わたしが体育館の裏側で泣いてると……」

——そこへ現れたのが、私だったらしい。

そのときはお互いに名前は知らなかったけれど、泣きじゃくっている樹音を発見するなり、手にしたノートを地面に置いたのだ。そしていきなり樹音の前に立って、

「はい、上田のはれむすめ、いするぎやよいです！　今日のきかくは、おも白《しろ》ダンス！　見て見て」

唐突に面白いダンスを始めたのだ。

それだけを見れば、葉月が発明するおかしな手話もどきと、そうは違わない。けれどそこには、樹音をからかう気持ちなど微塵も感じられず、むしろ元気づけようとさえ思えた。

とにかく笑わせる気まんまんの動きで、最初はみじめな気持ちがぜんぜん溶けなかったけど、懸命に踊っている姿を見せられているうち、ふっと笑ってしまった。

「わたし、しょう来《らい》は、どうがを作ってくんだよ」

そんな自己紹介を、汗まみれの気持ちよさそうな笑顔で言って、

「人をえがおにするのが、どうがはいしんしゃの、しめいだから！」

なんて、ピースを突きだした。

面白ダンスのあとは、ノートを手にいろんな企画を楽しそうに教えてくれて、その膨大な量に圧倒されて、樹音はびっくりしながら聞いた。まだ低学年なのに、「はれむすめ」と題した表紙には③と書いてあって、これと同じくびっしり企画を書いたノートが他にもすでに二冊もあるんだって、そこもびっくりして。

紙面から放たれる黒文字の熱量がすごい。何より動画のことを語っているその瞳がとても煌《きら》めいていて。樹音にはない壮大な夢の拡がりを、その瞳の中に秘めていて。

「かなしそうにしてたから、とくべつサービス。ほかの子には内しょだよ」

そんなことも照れながら言われて、秘密を共有する友達に恵まれた気がして、樹音は、心がすっと軽くなるのを感じた。

あれからすぐに長野市へ引っ越したから、もっと仲よくなるチャンスがなくて寂しかったけど、あの体育館の裏側の出来事は、いつも樹音の心を温めてくれた。

動画で人を笑顔にする――。

あのときの弥生《やよい》の言葉が胸にしみて、ずっと残っていた。

その記憶に導かれるように、樹音は中学生からダンス系動画を始めたのだ。

動画で顔を出せば、いつかきっと「石動さんと再会できるかも」と期待して――。

「だから『ジュンジュン』を生み出したのは、石動さんだったんです。あのダンスが忘れられなくて、引っ越しのあとくらいからヒップホップを習い始めて」

こうして「ジュンジュン」は爆誕した――それを語るジュンジュンは、両目を潤ませている。伝えたかった想いをやっと伝えることができた喜びにあふれている。

目の前にいるのは大物インフルエンサーなんかじゃなく、内気で気が小さい女の子の、勇気を振り絞った姿だった。

整った顔立ちとあいまって、それはたとえようもないくらい、美しい姿だった。

私たちが、ジュンジュンに追いこまれた事実を、一時的にも忘れかけるほどに。


――高校を受験するとき、上田にしようと決めてたんです。

高校生としては、通学が無理じゃない距離ですしね。

つらい思い出もあるけど、温かい出会いもあった土地ですから。

だから入学してからしばらくして、石動さんが同じ高校だったことを知って、とくんと胸が躍ったんです。運命を感じたんです。

でも。

廊下で見かけたとき、その隣にいたのは、信じられないことに、かつてわたしをいじめてたグループの首謀者でした。あれから八年もの月日が流れても、その顔だけは絶対に忘れられない。そうです、砺波葉月さんのことです。

だから石動さんのことも、もしかして人違いじゃないかとさえ思ったんです。結局、他の人たちの会話から、やっぱりあれは石動さんだったと知って、すごく動揺しました。

あの出会いからずっと胸に刻んでいた「はれむすめ」で動画を検索したら「晴れ娘」のチャンネルを見つけました。すごく葛藤しながらも、毎回どうしても楽しみにしないではいられませんでした。

かつてのいじめで植えつけられた恐怖は、自分でもびっくりするくらい根強くて、でもそれを上回る強い感情に揺さぶられて「晴れ娘」を見つづけたんです。

思い切って応援コメントを残したときは、どきどきが止まりませんでした。まだ誰もコメントを付けたことがなかったから、他の人に先を越される前に、わたしが一番乗りしたくて、とっさに「6月の調べ」って名前を作って——。

私と葉月は、思わず顔を見合わせる。ずっと応援してくれていたファン第一号「6月の調べ」さんの正体が、ジュンジュンだったことに驚いて。

——そのうち、悩み始めたんです。

というより、気づき始めました。「ジュンジュン」としての活動に、むなしさを覚えている自分の気持ちに。

インフルエンサーという立場は、そう簡単には摑《つか》み取れないのはわかってます。みんなから憧れてもらえるなんてことも、一生に二度もないってことも。ただ運に恵まれただけだとしても。

八年前、石動さんはたった一人の視聴者、つまりわたしを楽しませるために、全力でダンスを披露してくれましたよね。見る人の笑顔を引き出したいっていう、その一点だけは疑いようもなくて、動画配信には一番大切なものがこもっていて、その後のわたしの中で、ずっと光を放ってたんです。

今の自分に、それがあるの？

この人気は、惰性ってだけじゃないの？

わたしの心が、何よりもその答えを知ってたんです。

まだバズってはいなくても「晴れ娘」の中に、明白な答えがあると思いました。

この「晴れ娘」に参加したい。石動さんの隣で動画をやりたい。その隣に……と、砺波……さん……がいるから怖くて近寄れなかったけど、でもこのままでは石動さんと砺波さんの絆《きずな》が深まるばかりで、わたしが参加する余地が、どんどんなくなってく！

だから、さんざん考えた挙句、ついに決意したんです。

毎日のお昼休みで、クラスメイトに囲まれながらも廊下を観察していると、石動さんたちが二人で連れ立って、必ずどこかへ向かってくのがわかりました。トイレへ行くフリをして、短い時間で懸命に探して、やっとこの場所を発見できて。

明らかにストーカーだなー、ってことは自覚してましたけど。

半ば倉庫扱いになってる屋上への階段場の前で、無駄にうろうろする毎日を送って、気後《きおく》れして、迷って、むなしく教室へ戻ってばかりで。

いじめられたトラウマは薄らぐことなく、むしろ熟成されて、より強い呪縛に育ってて。たとえ四十二万人の味方に囲まれていても、所詮はネットの向こうの話だし、たった一人に対して怯《おび》える自分が、どうしようもなくて。

それでも、今すぐ行動しないと、一生ずっと後悔する！

勇気を出して、こないだついにここに乗りこんだんです。

強烈な緊張の中で、うっかり言葉を噛まないように気をつけて、わたしの意思を伝えて。ああ、ついに石動さんと顔を向け合ったんだなって気持ちを噛み締めながら。

あのとき、石動さんがうっかり取り落とした企画ノートを拾い上げるとね、ノートそのものは新しいけど、とても懐かしかった。

小さい頃と違って、筆跡が大人っぽくなっていたけど、文字の勢いはあの頃とちっとも変わらなくて。ついに巡り会えた感動に耐えきれず、ふっと息がもれて、嬉しくて笑顔がこぼれて。だから、勇気を持てました。

石動さんの隣に、あの砺波さんがいたとしても。

「わたしを、動画の仲間にしてくださいぃぃぃぃ!!」

でも、空振りになっちゃいました。「考えておきます」とそっけなく断られて、走り去られてしまって。

しょんぼりしたけど、でも気を取り直して、次の日にまた挑戦しようって奮起しなおして。

動画だって、一度の投稿でバズるなんてことない。それと同じ。

叶えたいものがあるなら、何度でも粘りづよく行動しなくちゃ、って。

そうやってバズりを獲得するのが、動画配信者なんだ、って。

でも――。


延々と語りつづけるジュンジュンの頬が歪み、今にも涙を落としそうになる。


――そんな決意は、翌日に早速、打ち砕かれました。

わたしが参加するには、メリットが必要なのかもと考えて、とにかく役立つことをアピールしたくて、わたしには一応実績もあるから、

「わたしが参加すると、飛躍的に上昇できるはずです」

ちょっと大口叩きすぎたかなあ……って自分の言葉に怯んじゃったけど、このくらいのやる気を伝えなきゃと思ったんです。

なのに……。

「いえ、結構です」

頭の上から降り注いだ声に、えっとなって見上げてみると、石動さんが怒ってて。

階段の上で仁王立ちになって、わたしを睨みつけてて。

自分でも顔が青ざめるのがわかったけど、もう、何をどうしたらいいのか、とにかく食い下がらなきゃって必死になったけど、ますます石動さんが怒っちゃって。

もしかして、何か誤解されてる？

でもあとから反省してみると、たしかにわたしには至らないところが多かった。今の自分には知名度もあるし、むしろそれで貢献できるって高を括ってたかもしれません。それがマイナスになるなんて、考えもしませんでした。

石動さんの隣に、どんなに恐ろしいいじめっ子がいようとも、今や自分はインフルエンサーなんだし、というステイタスに頼ってました。

そんな自信も、たった一つのトラウマの存在で萎みかけたけど、もっと胸を張ってもいいはず、って自分を鼓舞した……はずだったのに。

あのときの石動さん、唇を震わせて、憎悪さえ立ち上らせて。

なぜ？

途惑っていると、その隣で笑ってる砺波さんの姿があって。

この人がいるせいで、今までずっと、わたしは石動さんに近寄れなかった。挨拶して名乗ることも、できないでいた。うっかり砺波さんにわたしの正体が知られてしまうと、インフルエンサーとしての仮面が剝ぎ取られて、また周囲からバカにされる地獄へ突き落とされそうで。

でも、もしかして砺波さんは、わたしの正体をとっくに見抜いてるんじゃないかって恐怖にもかられて。

わたしのほうでも、すぐ顔がわかっちゃうくらい強烈に憶えてたんだ。砺波さんのほうでもそうだったとしても、不思議じゃない。

運命って、いじわるですよね。

本当なら、石動さんの隣に立ってるのって、わたしであってほしかったのに。

石動さんからは激しく睨まれて、もうどうしようもなくて、途方に暮れていたら、その砺波さんがにやにや笑いながら階段を下りてきて。何かを言ってたみたいだけど、怖くてぜんぜん頭に入らなかった。場違いなほど明るい砺波さんの口調が、わたしを全方位から突き刺して。

後退《あとずさ》りして、思わず「近寄らないで！」って叫んで、頭が真っ白になりながら教室へ戻って。

もし、昔いじめられていたことが発覚したら、ファンのみんなを失望させるかもしれない。どうせ一時《いっとき》の人気なんて儚《はかな》いもの。世間の誰かが炎上するたび、それを痛感して、次はわたしの番かなって怯えちゃう。

でもまさか、砺波さんからいじめられていた事実が、わたしの知らないところで拡まってたなんて、思いもしませんでした。さっきそれを聞かされて、どうしようって動揺しちゃいました。

逆に炎上を利用して、より大きくジャンプできる配信者さんもいるけど、わたしにはそんな強《したた》かさなんてない。だって動画から離れたら、単なる臆病な子にすぎないんですし。

インフルエンサーなんて立場、何年かすれば霧散しちゃうと思いますし。そんなものにしがみつくよりも、本当に心が求めるものを摑み取ろう。そう決意しなおしたとき、ためらうことなく「ジュンジュン」のアカウントをばっさり削除してたんです。

ＳＮＳでも「次のステップへの布石だよ」って告知しておいて。さよならジュンジュン、て思いながら。

これからは、ただの翠尾樹音として、再出発する。

長かった髪もばっさり短くして。

ここまでの覚悟を見せたなら、今度こそ、石動さんはわたしを受け入れてくれるだろうか。それとも砺波さんに邪魔されるだろうか。

正体を砺波さんに知られるのは怖いけど、思い切って、わたしが体育館の裏で泣いていた、あのときの子だよって石動さんへ告げよう。

もし再び拒絶されたら、もうあとがない。

今日の朝、登校したら、クラス中がわたしの髪に驚いていました。

金曜のアカウント削除に引きつづいて、「これもまた次へのステップだから、楽しみにしててね」なんて強がりなことを言っちゃって。

時おり、机に座るわたしをちらちら盗み見してる子らがいました。その子たちの会話の断片に「B組の砺波って子」なんて聞こえて、心が凍りそうになりました。そんなひそひそ交わされる噂話に、心が負けそうになりました。もしかして、かつてのいじめられっ子だった時代のことが、バレちゃったのだろうか、って。

ダンス動画を始めて以来、人気者になれた自覚はあります。

人気者って、転落した際には、よってたかって叩かれるものってことも知ってます。

そんなの動画界隈だけじゃなく、テレビなんかでも昔から繰り返されてきた構図ですよね。

決戦は、今日のお昼。

雑音は、耳に入れない。

「ジュンジュン」を卒業したことと、この短くした髪で、石動さんの気持ちが動いてくれることを、ひたすら祈ろう——。


一時間ほどにもおよぶ語りだった。

ジュンジュン、いや翠尾樹音さんは、なんて懸命で、少しずれてて、ひたむきな人なんだろうって思った。

ここには時計がないし、スカートのポケットにずしりと入っているスマホを取り出す気力もないから、実際にはもっと短い時間だったかもしれないし、予想外に長かったかもしれない。

立ちつづけていたせいで、足の裏が痺《しび》れて痛い。

座りこんでいるままの葉月は、顔をうつむけたまま、身じろぎもしていなかった。

ジュンジュンは小さな頃に、葉月とひどいすれ違いが生じていたのは確かなことだ。

だから、ちゃんと葉月を見てほしい。樹音さんが思っているような子じゃないってことを、知ってほしい。

待って。

この誤解がお互いに解け去ったなら、この三人で再スタートが切れる！

樹音さんが、相当の覚悟でここへ来たことは、痛いほど伝わってくる。

ここに、有名人のオーラをまとったジュンジュンは、いない。過去のトラウマに立ち向かうべく、すべてを曝《さら》けだす覚悟で闘いに来た、翠尾樹音という名の、一人の少女がいるだけだ。

しかも、いじめの張本人と彼女が思いこんでいる相手がいる前で、それを吐露するには、どれだけの勇気が必要だったのだろうか。

語っている間じゅう、ずっと、わかってほしい、受け入れてほしいと懇願する瞳を揺らし、まっすぐ私に訴えかけていた。

でも、大丈夫。

それは、不幸な誤解だったんだ。

あとは樹音さんの心を解きほぐすためには、どんなアプローチが必要なのかを、葉月と一緒に模索するだけなんだ。

そんなふうに、希望を胸に宿した、その矢先。

「わがままで、嫌な子と思われるのを覚悟で、わたしの願いを聞いてください」

覚悟を胸に宿したかのようなジュンジュンが、私をまっすぐ凝視した。

「わたしは、どうしても石動さんと動画をやりたい。でも……でも砺波さんとは一緒にはいられない。わかってもらえないのを覚悟で言います。わたしと二人で、動画をやらせてください！」

絶句した。

いじめのトラウマは、私が想像したよりもはるかに根深かったようだ。ジュンジュンが決死の想いでその願いを口にしたのは、すごく理解できる。

でも、そんなこと、できるはずがない。

「あの……ジュンジュンさん……」

「樹音と呼んでください！」

「じゅ、樹音さん。私はあなたに、ぜひとも知ってほしいの。ここにいる葉月は、すごくいい子なの。絶対に樹音さんと仲よくできると思う。昔は、その、悲しい出来事があったかもしれないけど……」

「わかっています。石動さんの様子を見れば、一目瞭然です。きっと砺波さんはすごく素敵な人なのかもしれません」

「じゃあ……」

「でも、ごめんなさい。わたしの心が、どうしようもなく彼女を拒絶するんです。それと同時に、どうしようもなく石動さんと一緒にやっていきたいと願ってしまうんです。人のことを許せない嫌な子だと思われるかもしれなくて、それはすごく怖いことだけど、でも、でも……お願いします！」

不退転。

そんな三文字熟語を想起させる必死の眼差しだった。自分がとても不利で、負けてしまうことも承知の上で、ジュンジュン、いや樹音さんは本音を吐露したのだ。

「もし、わたしが受け入れられなかったとしても、砺波さんの噂はわたしが責任をもって打ち消します。それは事実無根だ、と」

樹音さんは、本気なんだ。

たとえその願いがどんなに強かろうが、ごめん、私は葉月とじゃないと……。

「ぷは……あっはっはっはっは」

そのとき、葉月が座ったままの姿勢で、丸めた肩を震わせた。その顔はうつむけたままで、ポニーテールの尾に隠れて見えない。

「いやー、まいったねー。誰だっけ、最初はちっとも憶いだせないやって思ってたけどさあ、なんか、薄ぼんやりと憶いだしてきたわー。あーね、まさかこんな特大有名人になって仕返しにくるって、どんだけ執念深いんだか、あっはっは」

樹音さんがひくつき、萎縮しかける。

「ま、いいわ」

葉月は両膝をぽんと叩いて立ち上がると、そのまま顔も見せずに、ゆっくり階段を下り始める。

「動画とか、やりたいなら二人でやればいいんじゃない？　ちょうどあたしも、思ってたんと違うなーって感じてたとこだったし。潮時ってやつ？」

葉月……？

「そもそもさ、動画サイトの規約では、十八歳以下だと収益化させてもらえないじゃん。あれは困ったよね。せっかく、面倒なバイトなんかせず、動画で楽して儲《もう》けることできるって期待してたのになー」

また一段下りて、背姿を見せたまま、葉月は手をひらひらと振る。

「逆に、動画撮影のためにバイトで資金を投入しなきゃいけないって、本末転倒もいいとこだったよね」

一歩一歩、うつろに響く足音で、葉月は踊り場まで下りきる。

「へアバンドだのマスクだの、正直言ってダサくて鬱陶しかったし、顔が隠れるんじゃあ、あたしの持ち味とかぜんぶ台無しーって不満だったしさあ」

違うよね、葉月。あんなに懸命になって、ひと針ひと針じっくり丁寧に葉月が作ってくれた衣装じゃないの。

「ま、収益は無理でもさ、すぐにでもバズらせて、有名になって、ちやほやされるかと期待してたら、当てが外れちゃったよね。編集作業なんか、地味で面倒だったし」

そうじゃないよね、葉月。ほんの数人、いやたった一人でも登録者が増えてくれるたびに、二人でハグしあって大喜びしてきたよね。

編集だって、葉月なりの視点で工夫をこらして、私だけじゃ思いつけなかったような演出になったりとかしたの、一度や二度ではなかったよ。

すぐ上手くなっていったし、会話のテンポとかが絶妙で、視聴者側が友達の会話に参加できてるみたいな雰囲気を出せてたよ。いろんな友達と仲よくしてきた葉月ならではの、私では真似しきれないセンスが詰まってたじゃない。

「そんなわけでさ、あたしは抜けるよ。これからは、お二人で仲よくやんな」

嘲笑まじりの、バカにした口調。

「じゃあね」

言葉を選ぼうとする私に構わず、葉月は早足で階段を下りていった。

タンタンタンタン――。

反響が、遠ざかってゆく。

葉月が、遠ざかってゆく。

楽しかったり苦しかったり、悩んだりした記憶をたくさん共有してきた相方との距離が、どんどん拡がってゆく。

私は葉月を追いかけなきゃいけない。言葉なんて、どうでもいい。ハグひとつさえあれば、それでいいはずなんだ。

二段飛びで下りて、危うくこけそうになりながらも、必死に全力疾走した。教室へは戻らないはず。向かうなら、生徒昇降口だ。

けれど運動神経抜群の葉月に、追いつけるわけもなく。

たくさん並んでいる靴箱の中で、葉月のスニーカーが消えている代わりに、白い上履きが乱雑に押しこんであった。

私は途方に暮れて、ただそれを眺めることしかできなかった。

第5話　唄え、踊れ、魅せろ

翌日、葉月《はづき》は学校へ来なかった。

教室のそこかしこから「ねえねえ、B組の……」「あのさ、隣の砺波《となみ》さんって子が……」「でも、ジュンジュンは違うって否定……」なんてささやき声がもれ聞こえてくる。

あからさまに下世話な話題として持ち出す子はいないけれど、こんなふうに、さざ波が拡がるように葉月の話題が伝播してゆくのだろうと想像すると、とてもつらい。

樹音《じゅね》さんは約束どおり、噂を否定してくれたようだから、あとは沈静化を待つだけなんだろうけど……。

お昼。

ひとりぼっちで、いつもの屋上階段へ上ってゆくと、人の気配があった。

葉月じゃないのはわかっているのに、葉月を期待してしまう。代わりに樹音さんが階段の一番上で立ち上がり、ぺこりとお辞儀した。

その頬はとても硬く、目つきも鋭い。顔立ちが美麗に整っているだけに、こんな表情をされると、ひどく怖い。

けれどそれは単純に、

(極度に緊張してるから、なんだなあ……今ならわかるけど)

昨日までの私は、そんな樹音さんの内面なんて知る由もなかった。動画の中のジュンジュンとは違って、翠尾《みすお》樹音という子は、とても内気で臆病なのだ。

「あの……石動《いするぎ》さん。ほんとに、ごめんなさい！　でも……」

言いたいことは秒で察した。葉月のことだろう。

昨日の樹音さんは、長年ずっと心に秘めていた想いを吐露した。それはとても勇気が必要な行動だったのだ。と同時に、今もなお葛藤を胸に抱いている。

(私にとって葉月がどれだけ大切なパートナーなのかは承知の上なんだろうな。だって樹音さんは「6月の調べ」さんだったのだから。「晴れ娘」の動画のすべてを、隅から隅まで見つづけてくれていた人なんだから)

それでも、樹音さんにとっての葉月はトラウマ以外の何者でもない。一緒に動画をやりたい欲求が強かったからこそ、不利を覚悟で行動に出たのだ。

「樹音さん、いつもお昼を一緒にしてる友達は、大丈夫なんです？」

「はい、えと、わたしが一人で考え事したいってことを尊重してくれて」

C組で「ジュンジュン」を囲んでいる人たちには、樹音さんという人間はどう映っているのだろうか。やっぱり推し対象として余計な一歩を踏みこむことなく、一定の距離をもって憧れられているのだろうか。たぶんそれは友達という関係ではない。だって彼女らと一緒にいるときの樹音さんは、いつもよそゆきの笑顔をキープしていたから。

「樹音さん、もう少しだけ、私に考える時間をください」

「ものすごく無理な申し出だったことは、自覚しています。石動さんの返答、いつまでも待っています」

樹音さんは、唇を噛んでいる。

——葉月はいい子だよ。だから仲よくしてほしい。

そう安易には、言えない。

トラウマは、そう簡単に割り切れるものじゃないことを、私は知っているから。

私のトラウマを打破してくれたのは、葉月。それも三年もの歳月をじっくりかけた上での話だ。樹音さんのトラウマも、昨日今日でどうにかなるものではないはず。

「私、いったいどうしたらいいのか、まだわからなくて……ごめんね樹音さん」

こくりとうなずく樹音さんは、まるで臆病なウサギのようにさえ見えた。

ほとんど誰とも話さない、長い長い一日が終わって、帰宅。

玄関先のポストに、何かが押しこまれてあるのがわかった。ビニールの袋が少しは

み出している。ふとした予感にかられて確認すると、

「これは……葉月だ」

さっと袋の中身を確認すると「晴れ娘」の衣装やビデオカメラ等の備品が詰まっていた。たぶん、入れたばかり。今の時間だとお母さんは夕食を作っている。もう少し早い時間だったら、とっくにお母さんが発見し回収していたはず。

（こんなもの、受け取れない！）

もしかして葉月は、まだ遠くには行っていないかもしれない。ビニール袋を小脇に走り出した。商店街をつっきり、角を曲がり、細い路へと入ると、

――いた！

はやる気持ちを抑え、速度を落とし、勘付かれないよう足音を忍ばせる。早歩きを維持して、あと四歩、三歩、二歩……。

「葉月！」

ノースリーブのパーカーから伸びるその腕を、しっかり握りしめた。

人の気配のない芝生の公園で。

木彫りのふくろう像が立つ脇の、原色の青べったりのベンチに、二人並んで座る。かけるべき言葉にまよいながら、黄金色に晴れ渡る上田の空を見上げる。

二人の間には「晴れ娘」の備品を詰めたビニール袋が、所在なげにそよ風を受けている。

「あたしは……戻れないな」

まだ何も訊いていないのに、葉月はぽつりとつぶやいた。

何か言葉を探さなきゃ、と思考がぐるぐる空回りする。ようやく口に出せたのは、

「昨日、葉月が言ったあれ……『晴れ娘』なんか飽きたって、違うよね？」

それには答えず、葉月は、

「あたし、あれから懸命に憶いだそうと頑張ったんだ……すっかり忘れてたよ。ずっと昔、調子に乗ってクラスの笑いを取ったことを」

その首が、深くうなだれてゆく。

「はは……なんてことしたんだろうねえ、あたし。ただクラスの空気を盛り上げたくて、深く考えることなんかしなくて、それが誰かを深く傷つけるなんて想像もできてなくて、とにかく面白おかしくみんなを笑わせたいだけでさ……」

髪に隠れて直接は見えないけれど、葉月のあごに、とめどもない涙が伝っているのがわかった。

「やらかした側は、ああ面白かったで済んで、あとはすぐ忘れちゃう。やられたほうは、何年もずっと傷ついたまま過ごさなきゃいけないのに……とんだ人でなしだよ」

違う。葉月は違う。

だって、動画の企画ノートを勝手に見られて、みじめな想いをしていた私を救ってくれたじゃないか。

小学六年生の葉月は、人の痛みがわかる子だった。

小学二年生の葉月は、きっとまだそこまで成長していなかっただけだ。

「傷つけた相手の顔も名前も、きれいさっぱり忘れてたんだよ、あたしは」

葉月の声は、激しい嗚咽《おえつ》に押し流された。

心が、苦しい。

どちらの気持ちも、わかってしまうから。

過去のあやまちを痛烈に後悔している葉月と、無自覚な残酷さにより心をずたずたにされた幼い樹音さんの悲しみと。

今の葉月の姿を、樹音さんに見せてあげたい。

でもそれは、樹音さんにとって残酷なことになりかねない。

これだけ反省しているんだから許してあげて、という強要にしかならない。許せるならば、もちろんそれが一番いいに決まっているけれど、トラウマ級の傷へ無理に折り合いをつけさせようとするのは、二次被害の追い討ちにしかならない。

現に、私はいまだに、私の企画ノートを取り上げて笑った奴らのことを、許せてはいないのだから。

葉月はただ「あいつら、いいとこもあるんだけどねえ……」とだけ言って「許してあげなよ」までは言わなかった。今なら自分でわかる。だからこそ、その後の葉月へ心を開くことができたんだな、と。

隣で咽《むせ》び泣く葉月の肩を、そっと抱く他に、私にできることなんてなかった。

やがて……。

「あたし、思ったんだ。何があたしにとって一番なのかってことを」

涙が収まり、ぽつりと、葉月が言葉をつむいでくれた。

「弥生《やよい》の頭の中にあって、歴代の企画ノートにアウトプットされつづけてきたアイデアを、次々と実現してく様子を、特等席で眺めつづけていたかったんだよね」

私は無言で、ただうなずくばかり。

「でもさ、さすがあたしだよね。あのインフルエンサーのジュンジュンが惚《ほ》れこんだ弥生のすごさを、あたしもまた見出してたんだしさ」

えへへ、と葉月が笑ってみせる。強がりな笑いだ。

「だから、安心して託せるよ。あたしにはその資格はないけど、ジュンジュンなら弥生の強力なパートナーになるから」

そんなことを言われたら、私の胸が詰まりそうになるじゃないか。

私の気持ちを察したのか、葉月は、ふっと気まずそうな無言に戻る。

「ただ、明日からはまた学校に行くよ」

「でも……」

私の心配を見透かしたのだろう、葉月は歯を見せるくらい大きなスマイルで、

「いつまでも休んでても仕方ないしね。それに……これは、あたしのケジメだから」

うなずくことも、首を横に振ることもできない。樹音さんがどれだけ否定しようとも、過去のいじめの噂は、すでに拡まっている。

そんな中で登校をつづけるのは、地獄でしかないだろう。それだけのことを自分はしてしまったのだ、と葉月は覚悟を固めている。悲壮な眼差しが、そう語っている。

それでも。

私はビニール袋の中から、葉月の分のヘアバンドとウレタンマスクを取り出し、無理やりにでも握らせた。

「これは、葉月のだから！」

辺りの景色が、黄昏《たそがれ》色を強めている。

「都合いいかもしれないけど、ビデオカメラは、あえて貸してもらうね」

動画の撮影には欠かせないものだから。スマホだけではちょっとつらいし。

でもむしろ、葉月を身近に感じるためにも、これを借りておきたいんだ。

感情が暴発しそうになって、私は無言のまま、その場から逃げるように離脱した。

少し伸び気味の芝生のせいで足が深く沈み、転びそうになりながら。


翌日のお昼、いつもの屋上階段で。

「樹音さん。本当に私と組んでやってくので、いいの？」

私の心配を前にしても、樹音さんは力強くうなずく。意志は固いらしい。

「葉月は、もう戻らないから、今後は樹音さんと二人で組んでいこうと思う」

これは嘘だ。少なくとも、嘘であってほしい嘘だ。

私の中では、葉月は今でも大切な相棒なのだから。

葉月は自分へのケジメとして身を引いた。今後の「晴れ娘」がさらに飛躍することを、ただただ祈りながら。

樹音さんが少し安堵する。と同時に、罪悪感に心が揺れ動いたのも、よくわかる。

「ただ、ひとつだけお願いがあるの。削除しちゃったジュンジュンの動画アカウントを、また復活してほしいの」

今後は「晴れ娘」としてやっていきたい方向で、樹音さんは心を定めたのだろう。

もう戻らないつもりで削除したアカウントなのだ。

けれど削除から一か月以内である今なら「ジュンジュン」の復活は間に合う。

現在、ジュンジュンの消失を惜しんだ有志が、かつてダウンロードしておいたであろう動画を再投稿し、需要を満たしている。人の動画で視聴者数を稼ぐ奴ら、という批判も持ち上がっているけれど、再投稿をした人たちの多くが、純粋にジュンジュンの復活を祈る気持ちで望んでいることが、とても伝わってくる。

「ファンが一人でもいるのなら、その期待に応えるべきだと思うの……なんか偉そうなこと言っちゃってるみたいで恥ずかしいけど」

相手は天下のジュンジュンなのに、私は何を偉そうなことを口走っているのやら。

樹音さんはためらいがちに、

「でも、ネットには『ジュンジュン』以外にも、たくさんのダンサーがいます。今は惜しんでくれる人がいっぱいいるけど、三か月もすれば川の砂みたいに押し流されて、また次の誰かが登場する。代わりはいっぱいいる。でもわたしにとって代わりがないのが、石動さんなんです。幼い頃からの、かけがえのない推しなんです」

ずきっと胸が痛む。まったく同じようなことを言ってくれた親友が、かつて私の隣にいてくれたから。

「それを言うなら『ジュンジュン』だって、私の推しで……」

まあ、一度はフォローを外しちゃったけど、それは内緒で。

でもこのセリフを言った瞬間、樹音さんは両手を頬に当てて、顔を真っ赤にした。

「そんな、推しだなんて……」

堂々とした華麗なダンスで魅せる「ジュンジュン」とは、とても思えない反応だ。

不思議だ。ほんの少し前までは、ジュンジュンは私からはけっして手が届かない、画面の向こう側にいる神々しい存在だったのに、今はこんなにも人間くさい。

もちろん、わかっている。世の中のどんな人も、俳優や芸人、動画配信者、ミュージシャンだって普通に人間なのだ。食べたり飲んだり、怒ったり笑ったりする人間なのだ。そんな人たちも、近寄ればこんなふうに、人間を感じるのだろうか。

「例えば、これなんて最高のダンス。一番バズったやつ。上手く説明できないけど、キレッキレのダンスの中に、すごいエモさがあるって気がするの」

語彙《ごい》がいまいちだけど、他の誰かが再アップした動画を見せる。

すると、樹音さんは私のスマホを受け取って、自分のダンスに魅入ってくれた。

「……少し、考えさせてください」

そう小さくつぶやいて。


放課後。

いつもなら、葉月の家で企画会議をやるか、あるいは室内撮影をしていたけれど、これからはそれができなくなる。

代わって集合場所に選んだのが、駅前の図書館だった。ここなら、長野市から通学している樹音さんにとって便利だ。

問題は、公共の場だから屋内撮影ができないことと、閉館時間の制約だ。

その入り口側にあるロビーで。

「石動さん、わたし決めました」

気恥ずかしげに樹音さんが差し出したスマホを覗くと、

「……復活、だね。これでジュンジュンのファンは大喜びだね」

アカウントは、完全に復元されていた。

「石動さんがお昼にわたしへ突きつけたダンス。あれを見て、考えを変えたんです」

そりゃ、ジュンジュン史上、最もバズった動画だしね。

「実はあのダンス……最後の部分だけ手話なんです」

「手話？」

「はい。『お母さん大好き』と言ってるんです。他の誰でもない、お母さんにこそ見せたいダンスでしたから。音が聴こえないと、ダンスはあまり面白いものじゃないけど、娘のわたしだからこそ、お母さんはダンス動画を見てくれる。だから最後に、お母さんには言葉として伝わる動きを加えたんです」

ああ、なるほど。たとえ手話のことは知らない大多数の人たちには明確には伝わらなくても、気持ちは動きに表れる。そんなジュンジュンの動きには、人を惹《ひ》きつけるものが宿った、とも考えられるよね。

「小さい頃は、お母さんが耳の聞こえない人ってことを恥ずかしく思ってたし、家の中ならともかく、お外で手話をやって、変な目で見られたら嫌だなって……」

それはたぶん、仕方のない素直な気持ちだったのかもしれない。知らない人からすると、手話はとても奇異に見えるだろうし、残念ながら、それを鬱陶しいと感じて眉を顰《ひそ》めるようなタイプの人だっているかもしれない。

幼い子供にとって、それはけっして割り切れるものではなかったのだろう。

「でもね、引っ越しをしてからダンスを習って、自分に自信がついてきたとき、ふと我に返ったんです。ああ、なんでわたしはお母さんを恥ずかしい存在だなんて感じてたんだろうって。今、身体のすべてを使って表現する術を持ってる。でも、もともとは手話という言語を、わたしは持ってたはずなんだって。ダンスと手話はぜんぜん違うものですけど、人に何かを伝えるという点では共通しているよね、と……」

そんな過去の自分を語る樹音さんの声や眼差しには、言葉以上の拡がりが在《あ》った。

樹音さんなりの、長くて深い葛藤があったに違いない。

「わたし、目の前のことに頭がいっぱいで、もう一つの大切な原点を、うっかり捨てちゃうところだったんだなって……石動さんには、またもや感謝です」

遠い目から一転、今度は照れたように話題を変え、

「出戻り感が強いですけどね。ただSNSの告知では『アカウントは元に戻したけど、前ほどの頻度にはならないと思います。みんなごめんね』と打っておきました」

これで一安心だ。世間のみなさんから、恨まれないで済む。

それが本音かよ、とツッコまれれば、まあそのとおりですと答えるしかないけれど、いちファンとして『ジュンジュン』が消え去るのが寂しいという気持ちも本当だ。

今は「晴れ娘」に加わったことなんて世間の誰も知らないから、恨まれるなんてことはないけれど、将来的にはどうかはわからない。ていうか樹音さんほどの華がある子なら、たとえ視聴者が少なくても、誰かが気づかないともかぎらない。

「あと、もう一つだけ樹音さんにお願いしてもいい？」

「はい、石動さん！」

そう畏まられると、調子が狂うな……。

「その『石動さん』はやめて、弥生って呼んでほしいかなって……」

そう申し出をすると、またもや樹音さんは顔を赤らめる。こっちだって顔のひとつくらい赤くしたいよ。私の中ではいまだに『あの天下のジュンジュンさんが……』って途惑っているんだから。

「弥生……さん」

「ありがと。嬉しい。私も頑張って『樹音さん』と呼んでるしね。あと敬語とかもなしで……」

「それはいけません。わたしのリスペクトも尊重してほしいです！」

そのリスペクトとやらが、私の中では処理しきれていないのだけど。

「ととと、とにかく、今後の方針を固める会議を開きましょっか」

企画ノートをささっと広げる。これまでは葉月と一緒にやってゆく前提で考えていた企画の数々を、検討しなおさないといけない。

「ああ、このノートから、弥生さんの、いや晴れ娘の素敵な企画が飛び出していくんですね」

そんな、くすぐったすぎることを言われると、胸が悶《もだ》えすぎて、心の行き場をなくしてしまうじゃないか。

葉月がいなくて寂しい気持ちが強いところへ、葉月とまるで変わらない褒め言葉まで投げかけられて、私はもう、わけがわからなくなる。

半分強がりではあるものの、にんまり笑ってみせると、樹音が嬉しそうに笑みを返してくれた。


七月に入ると、夏への気運が高まる。

そんな中で、樹音との初の動画撮影が始まる。

今回の企画は「謎の買い物メモを手がかりに、お好み焼きを作ってみよう！」だ。

私が作る係で、樹音には買い出し係を担当してもらった。

何を作るかは内緒だ。ただ樹音へ材料メモだけを渡し、買ってもらうのだ。

その一覧が、こちら。具体的な材料名を伏せた上で、スーパーでの買い物で樹音に判断してもらう趣向なのだ。
・やみつきになる、末端価格二百円前後の白い粉
——粉もの料理はクセになるし、あの粉はとても白い。
・少量でも対象物を膨張させる白い粉
——主成分は掃除にも漬物にも使える優れもの。
・旨味の素《もと》となる、ちょっぴりダークな粉
——メジャーなものは大雑把に二種類ほどあるけど、それ以外でも可。
・生命を秘めし白き楕円《だえん》物質
——スーパーで売ってるものからは、何も生まれないと思うけど、これは簡単。
・むいてもむいても同じものが出てくる、多重層エンドレス野菜
——しゃきしゃきの歯応えがたまらない、あの野菜だね。
・生食には危険な香りが漂う、鮮やかなピンクのタンパク源

――具としては、これが一般的。ピンク色ってことで、種類の特定は簡単。

全体的に中二病っぽさをまぶした表現は、狙ってのことだ。

（このリストを見るだけでだいたい見当がつくよね、お好み焼きだってことが。これが葉月だったら、多少のボケをかました買い物をしてくるだろうけど……例えば、白い粉を片栗粉にしちゃうとか）

そうなっても、もんじゃっぽくなるだけで普通に食べられるし、失敗エピソードとしても、そこそこ面白くなるはず。

調理の場所は、私の家のキッチン。お母さんは夕方までパートだし、お父さんは夏に向けて忙しくなるとかで、休日出勤だ。

（もうそろそろ樹音さんが来るかな。性格とか生真面目そうだし、葉月みたいなボケは期待できない気がするから、まあ普通に作る企画に終始しても、仕方がないか）

その諦めは、玄関チャイムとともに、裏切られた。


まずは「晴れ娘」のマスクとヘアバンドを装着し、カメラをセット。

テーブルの上にスーパーの袋を置いた状態で、撮影開始。

「ぶっさせ、上田産まれの晴れ娘！」

「弥七です！」

「じゅ太郎です！」

「今日からこちらの、じゅ太郎が晴れ娘に加わってくれました、よろしくね！」

「よろしく！」

さすが、堂々とした映りっぷりだ。本来なら大物インフルエンサーの樹音さんだ、カメラを前にすると、内気な雰囲気が一気に吹っ飛ぶ。

背も高いし、鼻筋がとおっているのがマスク越しにもわかるし、動作のキレもすごい。いや、圧倒されている場合ではない。

初めての訪問で緊張している樹音さんだったが、カメラを回した途端に背筋が伸びて、オーラのようなものを放つところは、誰にも真似できない。

ところが……。

「これが、じゅ太郎が買ってきた、もの……？」

「はい。メモが謎に満ちていて、かなり悩みましたが、ぜんぶ完璧に察しました！」

ぜんぶを完璧に外している。私は茫然《ぼうぜん》としながら、

「ええと、まずはこのパックだけど……なんで鮭《さけ》の切り身？」

「はい、ピンクのタンパク源といえば、鮭ですね。お母さんがヘルシー志向なので、うちでも週三でよく食べてます。海なし県だけに海の幸には憧れますし。昔は寄生虫の関係で、生食はできなかったと聞きますよね」

本当は、豚肉を買ってきてほしかった。間違えるにしても、せめて牛か鶏。樹音さんの家では鮭がメジャーなおかずってことなら、勘違いするのも仕方ないのか……。

「じゃ、じゃあ、この小袋のお米は、もしかして……」

「はい、お米は生命力を宿していると言いますし、種だから実際に芽が出ますしね。しかも白くて楕円形です。日本人の生命の根源ですよね！」

たしかに楕円形だ。粒が小さすぎて、普段は気にも留めていなかったけど。

いや、でも普通は卵を連想するよね。いや……でも樹音さんの説明を聞くと、お米を選ばれても仕方がない気もする。ああ、私の表現力に自信がゆらぎそう。

「それで……このタマネギは、もしかして？」

「はい、むいても同じものが出てくる、多重層のお野菜です。小さい頃、好奇心にまかせてむきまくって、涙だらけになって、お母さんが大慌てしたものです」

できればキャベツを買ってきてほしかった……。あんな、目を刺激するものを手でむこうだなんて思わないから、タマネギも多重層だってこと、すっかり忘れてたよ。

「えっと、この黒胡麻《くろごま》の粉は、もしかして？」

「はい、旨味が詰まったダークな粉です。長野県の駒ヶ根市産をわざわざ選びました。これで作る、わたしのお母さんの胡麻ドレッシングは、絶品なんですよ。胡麻の旨味と香りがふんわり漂って」

　樹音さんが、うっとりしている。なるほど、樹音のお母さんが凄まじく料理上手ということが、これで把握できた。現状、なんの役にも立たない情報だけど。

ただ、ここは素直にダシの素を買ってほしかった。昆布ダシでもカツオダシでも、どちらでもよかったけど、さすがに胡麻からはダシは取れないよね。

「じゃあ、この砂糖は、もしかして？」

「ええと、メモには『対象物を膨張させる白い粉』ってあったので」

「うん、そうだよね、うんうん。摂りすぎると、太っちゃうもんね」

「でも少量なら大丈夫ですよね」

　ベーキングパウダーが欲しかった。粉物をふくらませる白い粉だ。考えてみれば、樹音さんはダンス動画でしなやかな身体を披露しているし、人体をふくらませる粉には敏感だよね、わかるよ、うん。

「それで……最後なんだけど、あの、こ、これは……？」

　ダメだ、もう笑うしかないし、もし笑いだしたら撮影どころじゃなく抱腹絶倒になってしまう。

　私がスーパーの袋から最後に取り出したのは、

「スポーツ飲料の粉末……」

「これが一番苦労しました。どのスーパーにも売ってなくて、大型のドラッグストアでやっと見つけたんです。わたしの汗による結晶です！」

そうだね、この粉末は、その出てしまった汗を補ってくれるよね。

「それに、これって粉のまま舐めると、やみつきになりますよね。弥七さんもその気持ちがわかる人で嬉しいです。一袋あたり二百円足らずくらいでした」

何も間違っていないことは、理解できた。まさしく私が指定した「やみつきになる、末端価格二百円前後の白い粉」そのものなのだから。

「小麦粉を買ってほしかった……」

「え⁉」

樹音さんが、固まる。微妙な空気が、二人の間に流れる。

本当はお好み焼き用の粉を買うのが、料理的には手っ取り早かったけれど、それを謎めいた言葉で指定する表現が思いつかなかった。だから、小麦粉、ベーキングパウダー、ダシの素をそれぞれ買ってもらうことにした。この三つを調合すれば、簡単に生地が作れるし。

なんなら、調合に失敗すれば、企画が大いに盛り上がってくれると期待していた。

「はい、では本日の料理をご紹介します。正解は……」

「どろどろどろどろどろ……」

樹音さんが、口でドラムロールを唱えてくれる。この辺の呼吸は、かつて葉月との動画でやってきたことを踏襲してくれている。ありがたい。

「お好み焼きです！」

「ええええー、弥七さん、正気ですか⁉」

正気か問いたいのは、こっちだよ！

「ついでなので、他の材料の正解も発表します。まずは『やみつきになる、末端価格二百円前後の白い粉』の正体は、先ほどもちらっと言ったとおり、小麦粉です」

といった具合に、次々と本当の材料を明かしてゆく。

その都度、樹音さんの首がうなだれてゆく。

これで判明した強固な事実がひとつだけある。

（樹音さんは、想像を絶するほどのポンコツだった）

ジュンジュンとしてダンス動画で活躍する姿からは、まったく思いもよらなかったけれど。学校では隙のない笑顔で過ごしていたし。あれはイメージを裏切らないよう、緊張感をもってクラスの人たちと接していたのだろうか。

だとしたら、涙ぐましい努力に、不憫ささえ覚える。

ついでに、かつてそんな樹音さんの影に怯えていた日々が、アホらしく感じられる。

「もうね、この材料で、意地でもお好み焼きを作りたいと思います！」

「これでお好み焼き作れるなんて……弥七さんって、天才なんですね」

嫌味ではない。樹音さんは本気で目を輝かせている。

「わたしでは思いもよらないアイデアで、企画を実現させるところ、やっぱりすごいです」

思いもよらないのは、樹音さんのほうだよ。

とほほ気分でキッチンへ移動し、やけっぱちで料理開始。

スポーツ飲料の粉末と砂糖、黒胡麻粉末を混ぜ合わせる。本来ならば、お好み焼きの生地ができるはずだったのに、ボウルの中では、火事の跡地を思わせる、どろどろの悪魔合体的暗黒物質が出現した。

たぶん、すごく甘い。

そこへ卵の代わりのお米を投入。無数の白い粒が混じったその様子は、まるで灰色の水面に泡が立っているかのような、毒の沼だ。

さらに鮭の切り身を投入。これだけは、普通に具として機能してくれる気がする。

タマネギを刻んだものも混ぜたところで、へどろ状の地獄が顕現した。具が、無間地獄であえぐ亡者にも見える。

最後に、ホットプレートの上へ円形に流し入れる。

「弥七さん、料理の手際がいいですね」

褒めてくれるのは嬉しいけれど、この先に待っている結末を想うと、苦い笑みしか出てこない。

　せめて、もんじゃ焼き風になってくれないかと期待したものの、熱せられて泡立つところなんて、ますます毒ガスが噴出している毒の沼だ。

　ついに……。

「はい、完成しました。これが晴れ娘特製お好み焼きです！」

「……独特ですね」

　樹音さんには言われたくない。

「それでは実食しましょう！」

「本気ですか⁉」

　もちろん本気だ。私は食べ物を粗末にできない性格だし、こうなったら、何が何でも完食してやるしかない。

「むぐ！」

　ダメだ、一口でギブアップしそう。お米には芯が残っていて、歯の間や歯茎を容赦なく攻撃してくる。鮭は妙に生臭いし、タマネギ独特の甘味と風味が私の味覚をねじまげにかかる。それらを包みこむのが、スポーツ飲料の粉末と砂糖のべとべとした甘さと、それらとはけっしてマッチしない黒胡麻特有の風味だ。

　これをすべて平らげなきゃいけないのか……そう絶望した、その刹那。

「案外と美味しいですね、普通に。鮭が大好きだし、胡麻も好きだし、硬さの残るお米をじっくり噛み締めると、いい甘味が出てくれますよね」

すぐ隣に救世主がいた。味覚までもがポンコツの救世主だ。

「ぜんぶ、じゅ太郎にあげるね」

「いいんですか！」

本当に美味しそうに食べている。もしこの場に葉月がいたら、一緒になってぺろりと平らげただろう。葉月も味覚がおかしいしね。

すぐに皿の上が空っぽになり、心から安心したところで、本日のシメに入る。

「ということで、新しく加わった強力なメンバーによる、今後の『晴れ娘』を楽しみにしててね」

「夏は地元のイベントがたくさんありますし、動画の撮りがいがありますね」

「じゃね」

「バイ」

これで、一本めの撮影は終了。十分くらいの尺になるかな。収益無関係で、登録者を増やしたいならば、やたら長尺にするのは避けて、短く見やすいことを念頭に編集しないといけない。

「ふう、おつかれさま！」

マスクを外して息をつき、二人でハイタッチ。

正直な気持ちとして、もし樹音さんを動画に出したら、ジュンジュンであることを察する視聴者がいてもおかしくない、と危惧していた。いくらマスクをしていても、そのオーラは隠しきれないはずだから。でも、

「この分だと、まずバレないよね。だって樹音さん、こんなにもポン……」

「え、何です？」

褒めてもらえると期待しているかのような目を向けられ、慌てて口をつぐむ。

とりあえず、この動画のタイトルは、こうだ。

――【地獄絵図！】私たちはただ、お好み焼きを作りたかっただけなのに……

お好み焼きでお腹をふくらませる予定だったのに、それが叶わず、私の胃袋が盛大に抗議の叫びを放っている。

「じゃあ、キッチンを片付けたら、二本目の撮影にいきましょ」

「はい！」

「次は商店街にある六文銭パフェだね。味違いアイスが連なって、今にも崩れそうな六連装タワー型パフェ。その後は、お城の前のお蕎麦屋さんで食べ比べ企画。また蕎麦かあ……」

食べ物企画ばかりを連続して入れるのは、我ながらいかがなものであろうか。

しかし樹音さんは張り切った様子で、

「お店での撮影許可、まかせてください」

握り拳を胸に、宣言してくれた。

頼もしい。

頼もしかったけれど、この後、実際に店舗を訪れてみたときの交渉っぷりは、予想を裏切らなかった。

「なるほど、学校ではあまりしゃべらず、笑顔だけでしのいでた理由が、よーくわかったよ」

商店街のカフェで四苦八苦する樹音さんの背後に立って、そのあたふたする様子をじっくり観察した。樹音さんには悪いけど、韓国アイドル並みの容姿が台無しになるほどの慌てっぷりは、実に面白かった。

こうして、樹音さんとの初動画を公開したのだが——。

「三日間で、再生数が一気に五千も……！」

樹音さんのポンコツっぷりは、予想を超えて破壊力があった。

上田の高校は七月上旬に文化祭をやるパターンが多い。期末テストが六月なんて妙に半端な時期にあるのは、たぶん文化祭のせいなんじゃないかという気がする。

上総祭《うえそうさい》と銘打ったお祭りさわぎに浮かれる校内を、観察しながらぼやく。

「あーあ、動画のネタに最適なイベントなんだけどなあ」

それでも身バレのデメリットのほうが大きい。少なくとも学生のうちは。

廊下を行き交う生徒の中にはコスプレに命をかけている人がちらほら交じっていて、真田十勇士などの上田定番もあれば、アニメやゲームのキャラに扮しているのもいる。無駄にクオリティが高い。

二年生の教室ではメイド男子カフェや、男子お嬢様部喫茶なんてものが隣同士で営業していて、

「いらっしゃいませ、ご主人さまぁ！」

「ヌン茶で優雅なひとときを提供いたしますわ！」

なんて、野太い声で張り合っている。

三年生ともなれば、面倒なコンセプトを避けたいのか、お化け屋敷などの普通の出し物に回帰しているのが面白い。

体育館へ出向いてみると、ちょうど発表会が始まろうとしていた。

他校生の姿が目立つ。

「ねえねえ、もうすぐジュンジュンの出番でしょ」

「ジュンジュンの振り付けでクラスが踊るって、やばない？」

最近、この出し物と「晴れ娘」の掛け持ちで、さぞかし樹音は大変だっただろう。

それでも、樹音がジュンジュンとして活動してくれると、やっぱり嬉しい。

「撮影はご遠慮くださーい、ネットには上げないでくださーい！」

「もしネットで発見した場合、通報しないといけませんので、ご協力ください！」

運営委員さんたちが殺気立っている。

特に宣伝していなかったはずなのに、他校からでさえジュンジュンのにおいを嗅ぎつけて群がるのだから、その対応は大変に違いない。

「次はー、一年C組によるー、ダンスパフォーマンスの発表ですー」

棒読みアナウンスが流れると、空間に満ちた緊張感が、一気にふくれあがる。

十数人がステージへ流れこみフォーメーションを作る。全員お面をつけていても、誰がジュンジュンなのかは一目瞭然。背の高さと華のあるオーラは隠しきれない。

ダンスそのものは、素人でも簡単に憶えられるものだった。それでいてキレをちゃんと感じさせる仕上がりになっているのは、さすがだ。

（ダンス未経験の子でも踊れるようにするのって、すごい力量だよね）

ステージは、あっという間に終わった。ジュンジュンだけが目的だった人たちが、さっと波が引くように体育館から消えてゆく。ああ、やっと座れる。

他のクラスの合唱や演劇を経て、

「次は一年B組の、フリースタイル対決かあ……」

演目を目にしたときから、ひそかに気になっていた。確かめたくても、没交渉のままでいただけに、訊きづらかった。でもこの演目はきっと……。

ノリのよいビートが流れ、ラッパーらしい格好の子らがぞろぞろ現れる。前へ出た男子がマイクを片手に、ラップのリズムでルール説明をする。

「我らB組フリースタイル対決ッ、会場みなさんお手を拝借ぅ！

四小節一ターンで魅せたる、短い短い刹那のバトル！

右がよければ右手を挙げな、左なら左手プチョヘンザ！」

つまり会場のみんなの判定で、即興ラップの勝敗を決めるのだ。二人ずつ交互にラップを展開し、観客たちは右や左の手を挙げて判定してゆく。

会場を巻きこんだライブ感が楽しい。

（葉月っぽい発想だと思ったけど、葉月は表へ出てこないのかな……）

よからぬ噂は否定されたものの、ジュンジュンいじめの疑惑は根強いだろうし、あれからまだ一か月も経っていない。無理だろうなあ……とうつむいた、そのとき。

「わっつあっぷ！　ついに出ましたこのあたし、B組ラップの女王ッ、けっしてしないぜ譲歩、いえい！」

その瞬間、私の中の全私が、一気に沸いた。

――葉月だ！

あおりの仕草でラップ経験者の貫禄を見せつけながら、ステージ脇から堂々登場。

圧倒的なマシンガン・ラップで、次々と対戦者たちを撃破してゆく。

しかも即興ラップのお約束で相手をディスりつつ、いつの間にかそれを褒め言葉に変えてゆくのだ。

「あなたの推し事マシンガントーク、あんたはワクワク、周囲はへきえき、その実うらやまその情熱、あたしもキラキラ輝きたい、Ｙｅａｈ！」

こんな調子で、ついに優勝をもぎとった。会場すべての喝采をほしいままにして。

（これこそ、葉月の本領発揮だ！）

先月の、追い詰められた状況から一転。おそらく紆余《うよ》曲折《きょくせつ》はあったと思う。けど相手のことをよく見た上で、リスペクトできる部分を引き出せる子ってことを、Ｂ組の人たちはこの短期間のうちに理解してくれたらしい。

葉月の独壇場になるであろうラップを、クラスの演目に選んだ事実だけでも、それを雄弁に証明している。

（やったね、葉月。さすがだよ）

本音を言うと、葉月が遠くに離れていったようで、少し寂しい。最後に言葉を交わしたのは、近所の公園で涙にまみれた悔恨を聞いた、あのときだ。

相手をディスるのが即興ラップバトルかもしれないけれど「みんなはこう思ってるかもしれないけど、それってこういう良いとこでもあるよね」と見事な反転を展開してみせたのだ。会場の喝采を誘わないわけがない。

出番を終えたＢ組のみんなを、拍手で見送る。

そのときふと、葉月と目が合った気がした。それだけではない。葉月はそっと親指をぐっと突き立てて、微笑んでくれたのだ。

離れていても、うちらは親友だよ――そう伝えてくれた気がした。

途端、言いようのない衝動が、私の胸の奥でくるおしく渦巻いた。

（やっぱり、葉月と組んで動画をやりたい！）

けれど強引にそうすれば、樹音のトラウマを踏みにじることになる。

樹音はもちろん、私も、そして誰より葉月が、それを望まない。

（けど、三人がそろって、新しい友情が生まれたっていいじゃないか……！）

樹音だって、葉月の良さを頭では理解しているはずなんだ。もちろん、心に深く刻みつけられた傷と恐怖は、そう簡単なものじゃない。

（これは私のエゴ。どうしても叶えたくなった欲求。ならば、方法を考えるんだ。三人がお互いに心から手を取り合えるようになる方法を）

体育館を離れ、廊下をぐんぐん進む。

やがて見えてくる、我が一年A組の「蕎麦湯シアター」の看板。

これを見るたび、ため息がもれる。一ミリも協力できなかった私が偉そうには言えないけれど、企画倒れの無残な姿を、この看板はさらしている。

脚本家志望の女子が音頭をとって、ミステリのドラマを嬉々として書いて、担任も死体役として巻きこみながらも、自主映画が頓挫した。いざ始めてみると、あまりに独りよがりすぎて、クラスメイトの支持をまったく得られなかったのだ。

かといって文化祭間際に代案もなく、その結果として、映画を垂れ流しながら蕎麦湯もどきを提供する、しょぼい出し物に変貌した。

担任が自分の映画DVDコレクションを提供し、学校のプロジェクターを借りて上映。それだけでは寂しいので、お湯に少量の蕎麦粉を混ぜて、めんつゆをわずかに足した蕎麦湯もどきを提供。

シフト的に私の番なので、カウンターへスタンバイ。特に誰も来ていないので、自分で作った蕎麦湯もどきを飲んでみて、げっそりとなる。

上映中の映画は、古い時代のミュージカルだった。雨の中でじゃぶじゃぶと歌い、踊っている。担任が太鼓判を押していただけに、実際に観てみるとかなり面白い。ことあるごとに登場人物がいきなり踊り出し、そして高らかに歌う。さまざまな場所とシーンで、次々と。

――これだ！

突如として、私の中で何かが合体した。

葉月のラップ、樹音のダンス。そして私が構成を考える魅惑の上田ロケ。

（ＭＶを作ろう！）

ミュージックビデオなんて、動画では定番中の定番企画だ。新しさなんてないし、視聴数もそんなに伸びないかもしれない。手間と労力ばかりかかるだけの企画だ。

でも、それでいい。

誰よりもまず、自分たちこそが楽しくなけりゃ、意味がない。

むしろ自分たちが楽しくやれなければ、視聴する側も楽しくなんてなれない。

「注意点は……独りよがりにならないこと」

葉月も樹音も、心から「これを絶対やりたい」と感じてくれないと失敗する。

いても立ってもいられなくなった私は、次の店番の子が来てくれるまで、じりじりと待って、交代した途端にすぐさま学校を飛び出していった。

目指すは駅前図書館。あそこでじっくり企画を練りこんでやる。

「一番の問題は、葉月と樹音をどうやって和解させるか……今はぜんぜん思いつかないけれど、とにかく前へ進んでやる」

壁のように立ちはだかる入道雲を睨みつつ、私の足は勇ましさを増していった。

第6話　私は大人だから……

文化祭が終わったら、すぐさま全国模試がやってくる。

手応えは、ばっちりだった。

先月の期末テストの結果も、学年でトップクラスだったのだから、余裕だ。

これでしばらく、勉強に時間を取られすぎなくて済む。そう解放感にひたりながら、今日も駅前図書館で、樹音との企画会議と編集の経過報告を交わす。

入り口付近のロビーなら、小声程度のおしゃべりまでは許してもらえる。

「樹音《じゅね》、模試はどうだった？」

最近は互いの距離を詰めるため、私は「樹音」と呼ぶようになった。葉月《はづき》方式だ。

「わたしは……えへへ。それよか弥生《やよい》ちゃん大変ですよね。テストも頑張らないといけないって」

樹音は私を「弥生ちゃん」と呼ぶ。ただ、敬語はちっとも直ってくれない。

「大丈夫。そのために、日頃からこつこつ勉強を積み重ねてるから」

期末テストは、どの教科も九十点以上。文句のつけようのない成果だった。

動画やりたさで頑張ったからこその努力で、それがなかったら、こんなに高得点を得ることはなかったはず。これなら、たとえ動画をやってることが親にバレても、かなり強力な説得材料になる。

動画をやりたいから、部活には入らない。

部活をやらないなら、学生としては勉強に専念するのが道理。

動画なんて、親は絶対に許してくれない。偏見が根強いから。だとしたら、成績上位を常にキープして、部活をやらない説得性を保持するしかない。

部活と学業を両立してる子なんて、世間にはいくらでも存在するんだ。動画と学業を両立させる女子高生がいたって、いいだろうと思う。しんどいけど。

「はあ……学生の本分は学業と言われるけど。やりたいことに青春をささげることこそ、十代の本分だよね。私は学生である前に、十代の女子なんだから。でもさ……部活ならそれを許されるのに、動画だとそうならないのが、不満」

ぼやくと、

「十代の本分は、青春！」

いきなり樹音は拳を振りあげ、叫び、周囲を驚かせた。

「しーっ、しー、しぃぃー！」

館内の人たちへ、ごめんなさいの念を送りながら、樹音を静かにさせる。

私を応援するつもりでいた樹音は赤面し、肩をすぼめている。

そんな真面目でポンコツな樹音を観察していると、妙に気持ちがなごむ。

「ジュンジュン」は、近寄りがたい雲の上の人オーラを出していたのに、翠尾《みすお》樹音という子は、オーラのかけらもない。どうやら私だけに見せてくれる素の一面らしい。

ここに葉月が加わってくれたら、さぞかしツッコミが賑やかになるだろうな。

「それでさ、ショート動画の件だけど……」

まだ叶いそうもない夢の光景はこの辺でとどめておいて、本題へ戻る。

「はい、わたしのほうでこれまでの動画の中から、視聴者の気を引けそうな部分を選び取ってみました」

ＷｅＣｏｏｌには、本編動画の他にショート動画もあるけれど、こちらは収益にはつながらない。その代わり、登録者数を増やす効果はある。世の中のみんなは、もっと気軽に短時間で動画を楽しみたいのだ。

本編の中から見栄えのする部分、あるいは盛り上がった部分や楽しい部分だけを切り取って、ショートとして再アップする。ただ、

「本当なら、これで本編動画の視聴へ誘導したいけど、なかなかそうならない……」

まるで本式に動画で稼いでいる配信者のような口ぶりだが、もちろん「晴れ娘」はいまだに底辺だ。

ただショート動画を充実させる方針のおかげで、今は一千人くらいにまで一気に増えてくれた。全動画配信人口のうち、実に上位十分の一に喰いこめたことになる。

「これだけ増えてくれても、本編動画の再生数は、大して前とは変わらないなあ」

「ただ、今はとにかく視聴者を新規に獲得することに、主眼をおいていくのがいいと思うんです。あ……生意気言って恐縮ですけど……」

生意気どころか、あなたは四十二万フォロワー数を誇ってるインフルエンサーでしょ……という話題は樹音が嫌がるので、けっして口には出さないけど。

「長野で開催されるトーキョー・ガールズ・フェスタ、TGF・teenからのお声がかかりを期待するためには、急激に伸びる必要あるもんなあ」

空っちさんからその存在を教えてもらった一大イベントに参加するには、無名ながらもそれに見合うだけの実績、つまり「急成長」という説得材料が必要だ。

「……ん、ちょっと待って。長野県のクリエイターを優先的に誘ってくれるということは……ジュンジュンにオファーが来ててもおかしくないよね？」

「大丈夫です、そっちは断りましたから」

「待って、ダメでしょ！　日本のみんながジュンジュンを待ち望んでるのに！」

樹音は、しまったと口に手を当てた。道理でTGFの公式サイトに、ジュンジュンが載ってなかったわけだ。ネットでは不満と疑問の声が上がっている。

けれど、

「わたしはあくまで『晴れ娘』として出たいんです」

改めて背筋を伸ばし、凛《りん》と言い放つ樹音はとても頑固そうだ。

こういうところは、けっして自分を曲げない子なのだ。あるいは、そういう性格だからこそ、インフルエンサーとして成功したのかもしれない。


企画会議後は、すぐ近くの駅前広場へ移動した。

大水車のオブジェを背景に新たなショート動画を撮影し、その日は解散にした。

かつて蛍を見たあとにここへ移動して、葉月と焼き鳥を食べようとしたあの夜が、ひどく懐かしい。

二人でダンスを撮ろうよ、と提案した当初、樹音はとても渋っていた。けれど私には、とある目論見がある。

粘りづよく説得した果てに、樹音はやっと首を縦に振ってくれた。ためらいながらも、どこか嬉しそうだったのが救いだったし、

(脈あり!)

と確信できたのは大収穫だった。

そう。

三人そろっての企画はMVをするなら、ダンスは必須になる。これは、そのための布石になるのだ。

いざ即興の振り付けのリハーサルをおこなうと、

「今度は、こういう動きで！」

樹音は活き活きしていた。ダンスの引き出しが実に多い。素人の私でも踊りやすい動きのアイデアを、ぽんぽんと出してくれた。文化祭での出し物を見て以来、期待したとおりの展開になってくれた。

——これなら、運動音痴でセンスのない私でも、どうにかいけそうだ。

「ここ、こう？」

「違うけど……でもそれも面白いかも！」

プロ級ダンサーの樹音は、私に合わせて自分も素人っぽく動き、それでいて隠しようもない洗練も感じさせ、全力で楽しそうに踊ってくれた。

たった十秒のショート。樹音らしくない野暮《やぼ》ったい振り付け。でも楽しかった。

今度は葉月も加わってくれたら……という願望は、今はまだ胸と企画ノートに秘めておいて。

家で夕食を食べたら、すぐさま自室へひきこもる。スマホ以外に動画編集手段がない不便な環境だから、少しでも余計に作業を進めておきたい。

教科書や授業のノートを机にちりばめて、ばっちりカモフラージュ。

編集作業に疲れたら、企画ノートへ戻ってアイデアを練ってみる。

三人で歌って踊るMV企画は、樹音に見られないよう企画ノートの最後のページから始めて、少しずつ進めている。けれど……、

「三人が手を取り合うには、どうしたらいいのか、まったく見えてこないや。時間が必ず解決する問題だとは思うけど、それじゃあ遅すぎるしなあ……」

そう考えると、葉月はああ見えて実に辛抱強かったのだと、今さらながら気づく。頑なに拒む私を相手に、三年間も誘いつづけていたのだから。

そんな葉月へ、

「葉月も含めて三人でやりたい企画を考えてるよ。絶対に実現したい」

久しぶりにメッセージを送ったけれど、反応はない。スマホの向こうの葉月は、どんな気持ちでこれを受け取っただろうか。

返信がないのは、想定済み。既読がついてくれただけでも、よしとしたい。

ふふっと笑いがもれる。立場が逆転したなあ、と。今度は私が葉月を説得する番。しかも樹音と合わせて二人同時に説得しないといけない。

「替え歌に使う曲の候補は、やっぱり軽快な曲調で、葉月がラップ歌詞を詰めこみやすそうで……って考えると『青空しゅわっとロケット』がいいかな。夏の爽やかさと青春っぷりが気持ちいい曲」

　ネットを主戦場としている、ネットラップの歌い手さんの曲だ。お気に入り曲を、自分の好きなように歌詞もアレンジして歌うのは、動画配信者ならではの文化だ。

　脳みそを焦がすのも飽きて、気分転換に、最近投稿したショートをチェックすると、それぞれ五百回以上の再生数を稼いでくれていた。登録者も五十人の増加だ。

「嬉しい……けど、ショートを見て登録してくれた人たちって、本編動画にはつながってくれないって、本当なんだなあ……」

　配信者界隈でよく言われている法則だ。こうやって経験してみると、それを痛感する。実際、メイン動画のほうは昨日に比べて少ししか動いていない。分析ツールで確認すると、増えた五十人はちっとも本編動画を見ていないのがわかる。

「う～ん……」

　とにかく、あともう少ししたら夏休み。そうなれば、動画活動は本格始動だ。

　椅子の上で、背中を伸ばす。気持ちいい。

　と、そのとき、ノック。

「弥生、勉強してるところ悪いけど、ちょっとリビングへおいで」

　ドア越しに、お母さんから声をかけられた。内心、どぎまぎしながら、

「あ、うん、ちょっと待ってて」

「それから、スマホも持ってきて」

スマホ？

そんな疑問をよそに、お母さんは階段を下りていったようだ。

そっか……。

ついに、来たか、この日が。覚悟は、ずっとしつづけていた。

（動画をやってること、バレたに違いない）

けれど、とてもよいタイミングで、それが訪れてくれた。もう少し前だったら、手元に説得材料のないまま闘う羽目になっただろう。

（私の成績は、どんな親でも納得できる成果をあげている！）

胸が高鳴る。お母さんの声は少し硬かったし、わざわざスマホを持ってこいなんて不自然すぎる。手が少し震えているのが自分でもわかる。身体に刻まれたトラウマが、そうさせている。

（大丈夫。自信を持っていいよ、弥生）

唇を引き締め、深呼吸をし、いざ階段を下りていった。


リビングでは、両親がいかにも「待ち構えていたぞ」と言わんばかりな様子で、テーブルに並んでいた。

特にお父さんは、知的な雰囲気ながら威圧的に腕組みをしている。勤め先の県庁では堅物課長として通っているらしいが、まさにそんな佇まいだ。

いつもは饒舌なお母さんも、不気味なほど沈黙している。

ドアを開けてその光景を目にした途端、私の足がすくんだ。

空気がまるで、分厚い固形物だ。

その、見えないコンクリートで押しつぶされそうな感覚は、三年半ぶりに味わう。

私の記憶で、炎が燃えさかる。

このリビングの窓の向こう側にある、狭くて細長い庭で起こった、絶対に忘れられない絶望の炎。


――バケツの中で黒く焦げ、みるみる灰になってゆく、私の大切な宝物。

幼稚園の頃からずっと書き溜め、夢を詰めこんできた、何冊もの企画ノートたち。

普通に捨てるのではなく、目の前で燃やすことで、しっかりケジメをつけさせるという厳しい意図。

今なら自宅でものを燃やすのは良くない、とでも抗弁したかもしれないけれど、小学生の私は、ただ親の言うとおり、もう二度とこんなものは書きません、と誓うしかなかった。

お母さんがしっかり監視する中、私自身の手で、一冊一冊バケツの中へ入れてゆく。

ついに、最後のノートが炎に侵され始めたとき。

玄関のチャイムが鳴って、お母さんはリビングのインターホンへ走っていった。

入れたばかりの、最後のノートをとっさに救い出し、足で踏んで火をやっつける。

庭の茂みへ隠す。バレたらどうしよう、なんて思う暇もなかった。

この最後のノートには、教室で葉月が褒めてくれた水中ダンスのアイデアや、ヘアバンドとマスクの衣装案が書きこんである。

他のノートは炎の中でゆらゆら揺れながら、真っ黒な灰になったけれど、この一冊だけは救えた——。


そんなフラッシュバックに立ちすくんでいると、

「弥生、そんなところに突っ立っていないで、入りなさい」

お父さんの声は、とても穏やかだ。それでいてダイヤより硬い。

もう結論は決まりきっているから、あとは大人の論理で私を諄々《じゅんじゅん》と諭し、従わせるだけ。お父さんの優しい口調は、つまりそういうことだ。

小学生だった私は、そんな親を前に、絶望を胸に、すべてを諦めさせられた。

けれど今、私は高校生。三年半のときを経て、ずっと大人になった。

「その様子だと、話し合いの趣旨はもうわかっているね。さあ、そこに座りなさい」

いつも私がご飯を食べる椅子が、今は被告席に変わり果てている。

無言で椅子を引き、座る。

「スマホを出しなさい」

怒鳴っているわけでもないのに、逆らってはいけない強制力をこめた言葉だ。

親は絶対だ。親のおかげで私はご飯を食べていられるし、学校にも通わせてもらえている。お小遣いももらえている。スマホだって親のお金で使わせてもらっている。

文句なんて、言える立場じゃない。

中身のチェックくらい、させてやるさ。見られてやましいものは、ない。

テーブルの上へ差し出したスマホは、お母さんがすぐに回収し、部屋の隅っこに鎮座している金庫へ入れてしまった。年代物の、おじいちゃんの代から使っているとかいう、そんなに大きくはないのに、ずっしり重量感に満ちた金庫だ。

え……と途惑う私をよそに、お父さんは、

「お父さんたちが弥生くらいの頃は、ガラケーでさえあまり一般的ではなかった」

「でも弥生が心配だから、今度改めてキッズケータイを契約しましょう」

特定の相手にしか電話もメッセージも使えない。機能が超限定された子供用の携帯電話だ。小学校を卒業するまでは、そういうのを使っていた。

スマホの没収は永続的なものになるらしい。そんな現実に、私は愕然《がくぜん》となる。まさか、こんなにもすぐさま取り上げられるなんて予想していなかった。

　葉月や樹音と違ってパソコンも持っていない私は、スマホがなければ、事実上、動画活動を完全に封じられたも同じだ。

　入念に説得材料を築きあげてきたのに、それらを開示する前に、いきなり崖っぷちに立たされた。

（それでも、せめて少しくらいは抵抗したかった）

　金庫は私の視線の向こう側で、憎らしいくらい冷たく静かに佇んでいる。

「弥生、一学期は勉強をよく頑張ったみたいじゃないか。父さんは嬉しいぞ。これからも余計なことに時間を使わず、この調子で励んでいきなさい」

　穏やかな笑顔で、お父さんが褒めてくれる。

　私の心が、凍りつく。

（成績をダシに、動画のことを認めてもらうつもりだったのに……それも早速封じられた……ぜんぶ見透かされてる）

　私のまわりから、地球の重力が消失してゆく。椅子に座っているのに、その感触もなく、すがるべき大地すら消えて、まるで宇宙空間を心細く漂っている気分だ。

　どんなに踏ん張っても、足は大地に着いていない。

「あの……なんでスマホを……あの……と、取り上げるの？」

「今後も学業に専念するためだよ。将来の進路のためには、スマホはよくない。父さんも母さんも、そう考えたんだよ」

「そうよ。脇道に逸《そ》れている場合じゃないんだから。学生の本分は勉強、でしょ」

動揺するな、弥生。たかがスマホを金庫にしまいこまれただけじゃないか。あれはどうとでも取り戻せる。

両親がいきなり強引な行動に出るのなら、私もさっさと本題に切りこんでやる。

「成績は、申し分ないはず。だから好きなこと、本当にやりたいことにも情熱を注いでも許されると思う」

ここからが正念場だ。私は息を深く吸って、一気に吐き出した。

「私は、動画配信をやりたい」

ついに、言った。

膝の上の両手が、震えている。もう引き返せない。

真剣勝負は、今、始まった。

「弥生。動画なんて絶対にやりません、と小学生のときに誓ったじゃないか。それを破られて、父さんたちは悲しかったぞ、わかってくれるな？」

「これまでも、勉強の邪魔にはならなかったのは実証済みだし、模試の結果も……」

「弥生には将来、きちんとした仕事についてほしいんだ。私のように公務員になれとまでは言わないが、お前のように頭が良い子なら、弁護士でも医者にでもなれる」
だったら、私が頭の悪い子だったらよかったのだろうか。そしたら諦めて、放って
おいてくれたのだろうか。
「私は別に、医者にも弁護士にも興味はありません」
「小学生のとき『人を楽しませるのが夢だ』と言っていたね。それ自体は立派なこと
だ」
動画への夢を絶たれた六年生の冬。私は最後の抵抗で、そう絶叫していた。
「できれば安定した職業を選んでほしいが、どうしてもそうしたいのなら、俳優、芸
人、漫画家と、娯楽にかかわる職業はいっぱいある。親としては心配でたまらないが、
学業や将来の本業に支障が出ない範囲でなら、そういうのも許してやってもよい。
ゲームを作る会社に就職するのも悪くない」
「そうね。お母さんは芸人が好きだし、あれは頭が良くなくちゃできない職業よね」
学業をしっかりやっていたのに、動画配信だけは認めてくれないんだね。
「ほら弥生、お父さんとお母さんも、あなたの夢を尊重しているのよ。もしお笑いな
ら、厳しい世界だけど売れたらお母さんも鼻が高いわ。でも動画なんて、ねえ……」
お母さんが、ずれた方向でお父さんに追従する。動画配信者じゃあ、鼻が高いどこ
ろか恥なのらしい。そりゃそうだろう。親にとって、子供に目指してほしくない職業

№1なのだから。

「動画の世界でも、学歴に関係なく地頭がよくなくっちゃ、一流になれないんだよ」

企画を生み出す頭脳とセンス、撮影での気遣い、編集へ注ぐ忍耐と計算。そのどれをとっても、容易なことじゃないんだ。

そうしたことを滔々《とうとう》と述べたいけれど、両親を前にすると、心がすくんで上手く口にできない。

勇気を奮い起こせ、弥生。もっと、もっとだ。

ここで負けてしまうと、私は今後、動画をつづけていけなくなる。葉月と樹音、三人で活動してゆく夢が、ついえてしまう。

「そうだね、弥生。頭のいい人はいるだろう。だがねえ……それを詐欺に使うようではなあ……投資の話を視聴者へ持ちかけて騙《だま》した人がいるじゃないか。弥生は私よりもっと知っているはずだろう？」

たしかに、そういう配信者がいたのは事実だ。

「でもそれは、ごく一部の人だけで……」

「他にも暴露系だったかな、人を脅迫するような人物は、人としてどうかと思うぞ」

ほんの一部の人間がそういうことをしただけで、全体がそうであると決めつけるのは、とても乱暴な理屈だ。

「それを言うなら、ミュージシャンは全員麻薬中毒なの？　未成年愛好で逮捕された漫画家さんは？　他にも不祥事で世間を騒がせる有名人なんかたくさんいるけど、全員がそうじゃないでしょ！」

ダメだ、語気が強くなりがちだ。この両親に通用しなくなる。冷静な思考ができていないと判断され、話すら聞いてもらえなくなる。

クールになれ、弥生。

「立場を利用して大金を横領する弁護士さんもいる、医療ミスを隠蔽する医者もいる。私なんかより社会を知っているお父さんやお母さんなら、そんなのはごく一部の悪人にすぎないってこと、理解しているはずでしょ」

そうだ、これでいい。感情が動きすぎると、思考が阻害される。

「暴言でハラスメントをする俳優もいるし、他者の作品を剽窃《ひょうせつ》する作家もいる。これだって全員なんかじゃなく、ほんの少数にすぎないはずでしょ。政治家なんてもっとひどいんだし」

こんな日のために、理論武装の準備は怠らなかった。特に「剽窃」だなんて、高校生に似つかわしくない難しい語彙は両親を驚かせ、かつ感心させたに違いない。

「なるほど、弥生の主張にも、もっともな点があるねえ」

お父さんは腕組みのまま、深くうなずいた。一見、納得しているような雰囲気に、私の中で警告の赤信号がともる。

「たしかにごく一部の人間、というのは理に適った論法だな。しかし動画配信の世界と他の世界とでは、決定的に違うものがあるんじゃないかな？」

いったい、何が違うというのだ。いや、これは明後日の方向へ誘導させるトラップかもしれない。乗ってはいけない。

「ありません」

「そうか、わからなかったか。それはね、歴史なんだよ。他の業種には社会を知っている大人がたくさんいて、よからぬ考えを持った人がいたら、自浄作用が働くようになっているんだ」

大人――それは空っちさんが、かつて話してくれたことと一致する。

「ところが私が見たところ、動画配信というものは登場してから歴史が浅い。十年かそこらでしかないだろう？　善悪をわきまえない幼稚な人が多いんじゃないかな。そのせいで、しょっちゅう問題が起きる。例えば、そう……炎上とか」

来た。この論法に対しても、私は準備を怠っていない。

「たしかに、どの動画配信者さんも、有名になれば炎上を経験しています。けどそれは、歴史が深い他の分野でも同じことです。昔は『炎上』という言葉がなかっただけで、ニュースやワイドショーで騒ぎ立てられてきた歴史があります。つまり内実は何も変わらない、ということです」

ふうむ、とお父さんは目を細める。次の屁理屈《へりくつ》を繰り出せないよう、さらに私は攻勢をかけてやる。

「お笑い芸人なんて、昔は見下される職業だったらしいよね。ましてや女性がそれを目指すなんて、あり得なかったそうだし。漫画家も、おじいちゃんくらいの世代までは、社会の害悪とさえ言われていたって聞いたことある。芸能人も、テレビ草創期の昭和中期までは軽蔑されて、不当に低く見られていたらしいし。小説家でさえ、明治時代には社会の底辺扱いだった」

お父さんは、無言のまま私の論説へ耳を傾けている。隣のお母さんも、聞いてはいるけれど何かを考えている様子だ。

その間隙《かんげき》をついて、用意しておいた材料をさらに投入してやる。

「お父さんの好きな野球なんて、明治時代には教育に悪い低俗な遊戯として、当時の大人たちは大反対だったそうだね。昔、五千円札の肖像にもなるほど偉い人だった新渡戸稲造なんて、野球を不健全とけなしてたんだよ」

お父さんの頬が、不機嫌そうに歪んだ。

ここで、とどめだ！

「結局、新しく登場した概念は、そのときの大人たちには拒絶される。その価値を理解できないからなんだ」

そう。結局つきつめると、そこに至るんだ。お父さんもお母さんも、かつて子供だった頃は、その当時の大人たちに価値観を否定され、傷ついた経験があるはず。

「だから……」

動画配信者は、新しい時代の新しいジャンルなんだ。それを無理に否定するなんてことは、意味がない――そう結論を述べようとしたのに。

「何も好きこのんで、軽薄な人間になることはない。そうだね？」

これまで述べてきた主張は、何ひとつ伝わっていないことに、私は愕然とした。

膝の上で、拳をきゅっと握りしめる。

「動画配信者は、世間に迷惑をかけている人がいっぱいいるだろう。弥生はそんな人間になりたいのかい？」

またそこへ逆戻りするのか。

「でも一流の配信者は違うんだよ。軽薄に見えるかもしれないけど、真剣に人を楽しませることを考えつづけてて、努力もすごくて、実は思慮深くて、例えば……」

好きな配信者を列挙しても無駄だった。その場で検索したお父さんが、その人たちの炎上騒ぎを盾にとって「こんな人たちがかい？」と、あくまで冷静にスマホの検索画面を突きつけてきた。

極めつけが、

「この配信者なんか、SNSで『あんたは人生ビリッけつ。死ねばいいのに』という暴言を吐いていたね。そんな人間だらけの世界に、可愛い娘が飛びこむなんて、父さんは耐えられないな」

つい最近の、大炎上騒動を持ち出された。

「裏アカ、というんだっけ？　そちらで陰口を叩いたつもりが、本アカと呼ばれる表向きのアカウントでうっかりつぶやいたそうだね。そんな裏表のある人たちがひしめく世界へ、父さんも母さんも弥生を送り出したいと思うかな？」

ああ、空っちさんと出会った想い出が、またしてもよみがえる。

──日頃から相手を思いやる気持ちを忘れないでいようと心がけてたら、最悪の炎上だけは避けられると思う。人のことをいじったりしない、とかね。

それを聞いて「人柄も、最強の武器なんだなあ」と感じた、あの出来事が。

ここに空っちさんを呼んで、その人柄を見てもらえたら、どんなに心強いだろう。

お母さんもまた、諭すように言う。

「弥生と同じ塾に通う、頭のいい子も言ってたわよ。動画には興味がないし、頭が悪い子が見るものだよ、って。弥生と同世代の子でさえ、冷静に見極めているのよ。なら弥生だってそれを理解できるはずでしょう？」

価値観の違いは、想像していた以上にずっと分厚かったのだろうか。

「見てもいないくせに、勝手に決めつけないで……動画だっていろいろあるけど、私が目指したいのは、視る人をなごませ、楽しませるものなんだから。例えば『空っちチャンネル』とか……」

「娘が関心を持っているものだしね、私もチェックはしてみたよ。悪いが、弥生が昔から好きと言っていたものは、どれも中身がないし、父さんには何が面白いのかが、まるで理解できなかったよ」

私は、全弾をすべて撃ち尽くしていた。

なのに、両親の気持ちは、一ミリたりとも動いていない。

学業を疎《おろそ》かにしなかった事実も、それは学生としてごく当然のことと流された。

世代による価値観の溝を理路整然と説明したつもりでも、それは通用しなかった。

挙句の果てに、私の同世代の違う意見を引きあいに、真っ向から否定された。

小学生の終わり頃、完膚なきまでに動画への夢を打ち砕かれ、それでも葉月のおかげでトラウマを克服したつもりでいたのに。

あれから月日が経って、高校生になって、大人に近づいた今の私なら、完璧な理論武装で親を説得できると思っていたのに。

「もう一度、父さんと母さんの気持ちを伝えるよ。愛する大切な娘を、よからぬ道へ逸れていかないようにするのが、親のつとめなんだ。わかってくれるね？」

「そう……ですね……」

うなだれていた顔を上げ、笑顔を作った。

私は、大人になった。

本当は今すぐ立ち上がり、動画の何が悪いんだと怒鳴りつけてやりたい。さっさと金庫を開けろクソババアと、暴力的に蹴りを入れて、スマホを取り返したい。

座っているこの椅子をぶん回して、部屋の中をめちゃくちゃに壊してやりたい。お父さんもお母さんも全治何か月かの大怪我を負わせて、大きな液晶テレビをぶち破って、飾ってあるいろんなオブジェもぜんぶ破壊したい。小さい頃に描いた「お父さん大好き」の絵を破いて、幼い私の学芸会を収録したＤＶＤを踏み割って、いつかの母の日に買ってあげたうさちゃんの陶器貯金箱を粉々にして、目に見えるかぎりのすべてを壊し尽くしてやりたい。

どんなに願いが強くても。

どんなに目指す夢を胸に想い描いても。

圧倒的に強い力の前では、もろくも砕かれる。

でも、私は大人になった。

大人だから無駄な抵抗なんてせず、従順な笑顔を作って、こう誓うしかない。

「……もう、二度と、動画なんて、やりません」

怒りも、悲しみも、憤りも、理性でぐっと押し殺すことを覚えた大人なんだ。

ただ、両方の目からとめどなくあふれ落ちる涙だけは、どうしようもなかった。

第7話　心の底に、くすぶる熾火《おきび》

翌日を、どう過ごしたのか、あまり憶えていない。

最低限、樹音《じゅね》には伝えなければいけないとは思っていた。

まずは朝一番に、教室の机へ私の宝物を入れておく。端っこが焦げた小学生時代のと、最新の、三人そろうことを祈りながら書き連ねていた企画を記したものと、二冊。

そっと丁寧にしまいこんだとき、まるで埋葬している気持ちになった。

これだけが、私に許された最後の抵抗。家に保管していると、いつかは見つかって処分されるに決まっているから。

時おり、

(ああ……私はもう、動画ができないんだ……)

絶望の津波が襲ってきて、視界が涙でにじみそうになる。それでいて、肝心の涙はちゃんと出てくれない。まるで五感を手放したような虚無感だ。

お昼になって、お弁当箱を出す。食欲が湧かない。というより、空腹という概念がこの身から消失している。無理してウインナーを口へ運ぶけれど、

「うっ……」

猛烈な吐き気をもよおして、トイレへ駆けこむ羽目になった。

教室へ戻るなり、お弁当箱に蓋をする。お母さんが愛情こめて作ったのは理解している。栄養や彩りのバランスも考えぬかれたお弁当だ。けれど、どうしても口が受け付けてくれない。

このまま思いっきり壁へ投げつけてやろうという、恐ろしい衝動が湧き起こりかけて、慌ててお弁当箱を通学リュックへしまいこんだ。

樹音と二人で落ち合うのは駅前図書館だ。スマホを取り上げられ、連絡が取れないから、放課後にそこへ向かうしかない。

そこで交わした会話も、記憶が曖昧だ。

樹音は怒っていた。いや悲しんでいたのかな。悔しがっていたかもしれない。

何かをまくしたてられたようだけど、

「家族こそが、一番の味方じゃないといけないのに！」

という言葉だけは、私の心を刺し貫いた。まったく痛みは感じなかった。心の痛覚も鈍くなっていた。

私のトラウマは、別に克服なんかされていなかった。三年間におよぶ葉月《はづき》の努力で穴埋めをされていただけだった。そうじゃなきゃ、親に反対されてでも、やりたいことを貫いたはずだ。こんなにも心のライフがゼロになるなんて、なかったはずだ。

それを考えると「葉月と三人で……」だなんて、私は樹音にとても残酷なエゴを押しつけるところだったのかもしれない。そんな反省でいっぱいになっていた。

葉月だって「晴れ娘」を離れて、自分なりの道を歩み、居場所を作ったのだ。

（こうなっちゃったのは、二人それぞれの都合も考えず、エゴを押し通そうと画策した天罰なのかなあ……）

最後に「ごめん」とだけ言い残し、私は駅前図書館を去った。


翌日も、ふわふわした足取りで帰宅。もう駅前図書館へ立ち寄る用事もない。

何もする気も起こらず、二階の自室のベッドで、ぼんやり天井を見上げていたら、

「弥生《やよい》ー、お友達が来たわよー」

下の階から、お母さんが声を張りあげた。

家まで訪ねてくるような友達といえば、葉月くらいしか思い当たらない。まさかとは思うけれど、樹音の可能性だってある。もしそうなら余計に気が重い。

のそり、一階へ下りてゆくと、玄関にいたのは樹音だった。

短い髪に、白いチュニック、細身のパンツ。そのスタイルのよさと洗練さは、今にもショート動画で踊りだしそうな佇まいだ。

専業主婦のお母さんは、家事で手を抜かないぶん、とても忙しい。樹音へ社交向け

の大人の笑みだけを残し、さっと夕食の準備のため台所へ戻ろうとしたが、

「あの、弥生ちゃんのお母さんにも、お話が……！」

九十度以上の角度で、ぺこり、樹音は最大限のお辞儀をした。

――やめて。そんなこと、しないで樹音。

「なあに？」

お母さんは怪訝な顔で眉を顰めつつ、それでも笑顔を崩さず、

「えと、わたし、翠尾《みすお》樹音といいます。弥生ちゃんとは動画でつながった仲間でして……お願いします、弥生ちゃんと動画をつづけさせてください！」

――ダメだよ樹音。私のお母さんに嫌われちゃう。

お母さんの横顔に、一瞬だけ不機嫌が通りぬけ、それでも諭すような柔らかさで、

「翠尾さん、でしたっけ。ごめんね、弥生は勉強に打ちこまなきゃいけないの。遊んでいる暇はないのよ。わかってくれますよね？」

今、お母さんは鉄壁モードに入っている。とても高くそそり立つ、超硬度を誇る壁の上から相手を見下ろし、侵入をけっして許そうとしない構えだ。

こうなると何をどう主張してもダメで、子供の甘さをつつかれ、それでおしまい。

そんな、我が家で昔から繰り広げられてきた光景がよみがえり、今、その対象が樹音になりかけているこの状況に、胸がざらつく。

——お願い、もうこのまま帰って、樹音。あなたまでもが傷ついちゃう前に。

「遊びではありません」

祈りもむなしく、樹音は玄関先から私のお母さんを見上げる。その眼差しと引き結んだ口は、毅然としていた。

学校での、みんなから憧れられるジュンジュン・モードでいるときと違って、素のままの樹音は内気な性格をいつも全開にしている。つい先ほどまでの樹音が、まさしくそうだった。

けれど本気の気持ちを訴えるときは、顔つきがまったく異なる。韓流スター並みの美しく整った顔立ちもあって、恐ろしいまでの迫力が宿る。

事実、お母さんは一瞬だけ気を呑まれ、少したじろいだ。

「少なくとも、弥生ちゃんにとっては、遊びなんかじゃないんです。真剣な、将来の夢なんです」

自分の娘と同年代の少女に負けじと、お母さんは余裕を作り、

「夢、ねえ。夢を持つことは大切よ。私もね、小さい頃はお姫さまになりたいだとか夢見ていたのよ」

動画配信者なんて幼稚な夢である、と暗に釘《くぎ》を刺したのだ。その上で、

「大人になってからは、素敵なカフェをやってみたいという夢も抱いてたわ。でも

ちゃんと生活できることが大切。月々の安定した収入があって、将来の設計も立てやすいようにね。その範囲でなら、夢を持ったほうがいいわ。弁護士、医者、会計士……どれもなるのが難しい、夢のある職業よ」

優しく諭すように語るお母さんは、どこもかしこも正論で固めている。夫婦、そろいもそろって似た者同士だ。

お願い、もう引き下がって樹音。大人の正論でねじ伏せられる恐怖を、樹音が味わう必要なんてないんだから。

そんな樹音は今、頭の中で必死に言葉をつむごうとしているのが見てとれる。顔を青ざめさせながら、口を懸命に動かそうとしている。

「ましてやねえ、動画配信者なんて、問題の多い人たちでしょう。世の中を舐めていて、軽薄で、でも上手くいったら、くだらないことをしゃべっているだけで、あぶく銭が入ってきて。だから、いい気になって炎上なんて起こしちゃう人たち。翠尾さんも、そう思わない？」

これについては、すでに私が反論済みだ。

人生経験が圧倒的に足りない子供が主張しても、大人からしてみれば説得力がぜんぜんないんだよ……床を見つめながら、そんな苦しい記憶に締めつけられる。

いきなり、樹音が叫んだ。

「いい気になんて、なっていません」

きっぱりと、固い意志をこめた声に、はっとなって樹音へ視線を戻す。そこに、凜とした怒りの眼差しがあった。

「わたしはこう見えて四十二万人もの登録者を持つ動画配信者でした。インフルエンサーとも呼ばれました。でも、いい気になったことは一度もありませんでした」

お母さんへ挑むべく、樹音はまっすぐ睨みつけ、

「油断すれば、たちまち人気を失う世界です。炎上にも怯えます。人間だから、必ず意図しないどこかで炎上するし、ちょっとした考え違いでいろんな人たちから刺されたりもします。でも、リスクはどんな職業にも同じことが言えるはず。お仕事に打ちこむ真剣さも同じ。動画だって立派な仕事です。プライドが持てる仕事です」

一瞬、樹音に強いオーラが宿った気がした。

「そんなわたしにしてくれたのは、幼い頃の弥生ちゃんなんです。絶望していたときに弥生ちゃんに救われて、熱っぽく夢を語ってくれて、それだけじゃなく、まだ小さいのに具体的な企画をいくつも考えていて、本気度が高くて……だから、わたしは高校で再会できたことを運命に感じました。四十二万人の登録者さえ惜しくないくらい。だから、わたしの本気度を知ってもらいたくて、一度はアカウントを削除しました。弥生ちゃんと一緒に動画をやりたい。心の底から好きなことに打ちこんで、他の人に

は理解してもらえなくても、キラキラ光の粒を放っていた、あの頃の弥生ちゃんと一緒にやっていきたいって」

胸を打つ、熱い主張だった。

もし二人きりの空間でこれを言われたら、きっとわたしは泣いた。

でもね……相手は私の親なんだよ。どんな実績や経験があろうとも、どんなに熱い気持ちを抱えていようと、うちの両親はどちらも動かせない。

小学生の頃に味わった敗北感。ついには、動画への夢をきっぱり捨てて、親の言うとおりに生きなきゃと、暗い決意に至った中学時代。そして、今。

私が、子供だから。

樹音だって、所詮は子供だから。

「うちの娘を、そんなものに引きこんで、将来を棒に振らせる気？　もしそうなったら、どう責任を取るつもりなの？」

お母さんの口調は、あくまでも柔らかいし、大人の笑顔も崩さない。

「責任なんて、取れません」

「でしょうね。責任が取れない以上は……」

「自分の人生に責任が取れるのは、自分自身だけなんです。でも、本人が望まない道を強制する人がいたら、事情は違ってきます。せっかくの夢を通せんぼした親は、弥生ちゃんに対してどう責任を取るつもりですか」

ここまで来たら、もう、目も当てられない修羅場しかない。

「あのね……インフルエンサーとか言って傲慢になっていると、こうも失礼な態度を取るものなのかしら。うちの弥生を、もう巻きこまないでほしいの」

お母さんの口調も、棘《とげ》を隠さなくなっている。

鉄のように硬い沈黙が、流れる。

「ありがとうね、樹音。気持ちだけでも、嬉しかったよ」

この場を終わらせることができるのは、きっと私だけ。

ゆっくり靴をはきながら、

「ちょっと送ってく。すぐ戻るから」

樹音の肩を抱くようにして、玄関を開けた。

きっと樹音との付き合いも禁止される。親は圧倒的強者だから。逆らえば逆らった分だけ、しっぺ返しは痛くなる。

もともと樹音は、こちらから声をかけることも叶わないほど雲の上の存在だった。今さら友達であることを禁じられたとしても、本来の距離感に戻るだけだ。

(友情を、ありがとう)

そっと心の中でつぶやきながら、夏の黄昏の、うだる空気を肺いっぱいに吸い、ハグで樹音を包みこんだ。

「私、ジュンジュンの本格的な復活が楽しみなんだ。そっちのダンス動画、ぜんぜんアップしてないじゃん。全国のみんなも待ち焦がれてるよ」

それは、けっして樹音が望んでいることではないことくらい、わかってる。でも「晴れ娘」としての活動を停止する以上、そちらへ戻るしかないはずだ。

スマホを失ったから、今後の活躍を見ることは叶わないけれど、せめて復帰へのあと押しをしたい。

「弥生ちゃん、ごめん……喧嘩までするつもりじゃなかったのに……」

泣き崩れそうな樹音は、それきり押し黙って背をすぼめ、駅方向へ歩き去った。

家へ戻ると、お母さんがリビングから呼んでいたので、覚悟を固めて行ってみると、紙とペンを差し出された。

「動画のパスワードを書いてちょうだい」

相変わらずの、優しく諭すような口調で命令された。

たぶん、今夜にでも「晴れ娘」のチャンネルは、この世から消える。

日付の感覚を失くしたまま、何日も過ごした。

もうとっくにチャンネルは削除されたのだろう。両親はそのことについて何も言ってこない。

今日も学校の机へ。プログラミングされたロボットのように、昨日と同じ今日を繰り返す。もうすぐ夏休みだというわくわく感もないままに。

こんなとき、ふっと脳裡によみがえってくるのが、葉月や樹音との、楽しかった掛け合いの数々だ。

——ぷはー、これ、水に似てるね……。

——うん。わかりやすく言えば、そうなるね。肺に入ったらやばいし、金属も錆びさせるし、酸性雨の主成分だし。

単なる水を、やばそうな化学物質っぽく紹介して飲ませたっけ。二人ともずぶ濡れで、乾いたら乾いたで全身が硫黄くさくなって、ふふふ……。

——もうね、この材料で、意地でもお好み焼きを作りたいと思います！

——これでお好み焼きが作れるなんて……弥七さんって、天才なんですね。

ある意味、天才は樹音のほうだよ。あのポンコツっぷりは、そうそう狙って出せるものじゃない。私が考えた企画内容を、明後日の方向で見事に盛り上げてくれた。

「ふふ、ふふふ……」

現実感を喪失しながらも、ふわふわした足取りで下校する。

笑いながらも、涙が出てくる。これでもう一週間だ。削除された動画は、やがて二度と復活しないまま、完全に消えてゆくのかな。

そんな記憶と想いにさまよっていたら、道路の向こうに樹音の姿を発見し、はっとなる。中央交差点のコンビニの陰で、ダンスの振り付けを考えている最中だった。広い駐車場の隅っこで、脇目も振らずに身体を動かしている。

(そっか、いよいよジュンジュンとして復活するんだな)

嬉しいのに、すごく寂しい。

気づかれる前に、全力でその場を離脱する。

商店街へ差し掛かると、どこかから耳に馴染《なじ》みのある声が飛びこんだ。

「……じゃあ、こんなのはどうかな。目標にするぜケルンの一石、酷評されるぜプリンの一席」

「韻《ライム》それ自体は面白いけど、意味がわからん。フロウにも熱が乗ってないね」

葉月だ。反対側の歩道のカフェへ、誰かと入るところだ。

(相変わらず、目立つ声だね。あの女の人は、確か……お姉さんかな。もしかして仲直りしたのかな)

だとしたら、葉月は本来の夢だったラップに取り組もうとしているのかも。

ああ、樹音も葉月も、それぞれの道へ戻ろうとしている。

喜ぶべきことだし、祝福したいし、応援もしたい。

（けど、私はもう一人ぼっち）

今すぐ二人に会って、おめでとうを言いたい。でもそうしたら、私はきっと壊れてしまう。二人とも普通に親友として迎え入れてくれるだろうけれど、私はひどくみじめな気持ちになる。

ああ、醜い。

心の奥底の燠火《おきび》が、いまだにくすぶっている。消えそうなのに消えず、燠《おこ》りそうなのに燠らず、半端なまま私を苦しめる。

（削除されたチャンネルが、もう二度と復活できなくなるXデーが、一日一日と近づいてくる……）

私の愛しい「晴れ娘」チャンネルは、少しずつ底なし沼へ沈んでゆく。その姿が沼の底へ消えるまで、ただ指をくわえて過ごすしかない。

たまらなくなって、私は力いっぱい駆け出した。


家の玄関で靴をぬぐと、リビングからお母さんが声をかけてきた。

「明日は学校で夏休み前の三者面談でしょ。それに備えて、きちんと話し合いをしないといけません」

明日は担任をまじえて、進路の確認をする。それは絶対に、私が望まない内容になるに決まっている。

「お父さんが帰ってくる前に、まず弥生の……」

「動画をやりたい」

さえぎるように言い放った。

ぎょっとした気配が一瞬だけ見えた気がした。それでもお母さんは、

「弥生はとても学業を頑張っているから、それを踏まえて明日は……」

「動画をやりたい」

叫ぶでもない、訴えかけるでもない、フラットな声で繰り返す。

（やっぱり、諦めることを覚える大人になんて、なれない）

私のライフは、ほぼゼロに近い。それでもなお、無駄と知りつつ最後に抗いたい。

せめて、完全削除のXデーが訪れる、その瞬間までは。

私には武器がない。だったら反撃の方法は一つしか残されていない。私の願いだけを、訴えつづけること。

長期戦になるのは覚悟の上だ。相手が高くそびえたつ山であるならば、それに怯むことなく、一歩一歩を踏みしめることでしか、道は開けない。

小さなため息のあと、お母さんは気を取りなおして、

「まずはちゃんと話しあっ……」

お母さんは苛立ちとともにキッチンへ去り、夕食の準備に取りかかった。

「お父さんが帰ったらまたお話ししましょう。それまで部屋で勉強していなさい」

「動画をやりたい」


気がつけば、部屋で寝落ちしていた。

それにしてはずいぶんと明るいな……と思うと、枕元の時計は朝の八時を示していた。ぐっすり眠ったなんてレベルじゃない。時計は、アラームが仕事した形跡が残っていたが、それでもなお目を覚まさなかったらしい。

(自分で思っていたより、疲労しまくってたのかな)

どうやら、そうらしい。悪夢を見たし、うなされていた気もする。

「学校は遅刻かあ。三者面談の日なのになあ……まあいいや」

ふらふらと一階へ下りて、朦朧《もうろう》としたままリビングへ入ると、お母さんが鬼の形相で、すっ飛んできた。いきなり私の額に手を当てて、

「熱は、ないわね……念のため、測りましょう」

テーブルの上に、りんごジュースが置かれた。喉が渇いて脱水気味なのは自覚しているから、すぐにでも手を伸ばしたい。透明のグラスが汗をかいていて、いかにも冷たそうだ。

でも……どうしても手を伸ばす気になれない。心の底から、ものすごい拒絶感がせりあがってくるのだ。黒雲のように、どんどんと、どんどんと。

体温計を探しだしたお母さんが、電源をピッと入れて、近寄ってくる。

けれど、一歩後ろへ下がって、その手が私に触れないよう避ける。

「どうしたの。早く体温を……」

「動画をやりたい」

転瞬、お母さんの頬に怪訝そうな影がよぎり、次に、苛立ちが沸騰した。

「バカなことを言ってないで、早く体温……」

「動画をやりたい」

「いいかげんにしなさい！」

お母さんが、ここまで声を荒らげるのは、とても珍しい。その手を振り上げそうになっていた。ぶたれる――そう感じてびくりと身をすくめると、お母さんは慌ててその手を引っこめた。

屹《き》っと、お母さんを睨み、

「動画をやりたい」

「それしか言えないの⁉」

それしか言わない、そう心に決めている。

親とは、越えられそうにもないほど高い壁だ。

——だったら、無理して越える必要はない。ぶつかって、ぶっこわす！

たった一回の体当たりで崩れるほど、やわな壁ではない。体力や気力がつづくかぎり「動画をやりたい」という言葉の体当たりをぶつけつづけてゆく。

私に残された、唯一の武器が、これだから。

「動画を……」

その時、視界が暗転した。どうやら気絶したらしい。その間際、ふと憶いだした。

ここ最近、お母さんの料理を拒絶して、エナジードリンクしか口にしていなかったっけな……と。


目が覚めると、ぐるりとクリーム色のカーテンに囲まれていた。

病院なんだと悟るまで、そこそこ時間がかかった。

通学以外、毎日ほぼ一日中エアコンが効いている空間にいたとはいえ、ろくに食べもせず飲みもせずに過ごしていたんだ。身体が弱るのも当たり前だ。

それ以上に、心身ともにかなりのプレッシャーにさらされていたのは自覚している。

もしかして心労のほうが原因として大きかったかもしれない。

（やわだなあ、私……）

私にとって、それだけ大きな覚悟を必要とすることに、立ち向かったわけだけど。

腕に刺さっている点滴のチューブを眺め、ため息をつく。

ふと、カーテンの向こう側に人の気配がした。

そのまま中へ入ってきたので、ぎょっとすると、お父さんだった。光の加減からして、夕方にはまだ間がある。この時間は仕事のはずなのに。

「目覚めたか」

お父さんはベッドの脇の丸椅子へ腰を下ろした。

とたん、私はこの身を満たしていた気だるさを蹴っ飛ばし、臨戦態勢の固い意志を取り戻した。

「具合は、どうだ？」

「動画をやりたい」

心配してくれている親へ対する返事ではない。それはわかっている。

お父さんは一瞬、身を硬くしたようだ。いつもの理路整然とした言葉が返ってくるかと思ったけど、

「母さんの出す物を、拒んでいるそうじゃないか。ハンストはよくない」

ハンストって何だろう。ゲームの名前ではなさそうだけど。

「ハンガーストライキは、ずるい。親としては、打つ手がなくなるじゃないか」

なるほど、そう受け取られていたのか。そういうのとはちょっと違う。説明したいけど、今の私が口に出せる言葉は、たったひとつ。

「動画をやりたい」

心配そうに見つめおろすお父さんに負けじと、意志をより固くし声を絞りだした。

お父さんは、どう出るだろうか。たぶん、諄々と説得にかかるのだろう。その攻勢に備え、息を詰めていると。

ぽたり。

お父さんの顔から、何かが落ちた。

それが涙だと悟るまで、しばらくかかった。

たぶん、生まれて初めて見る、お父さんの涙だ。

ベッドの中で、ただその姿を見上げながら、私は途惑い、動揺するしかなかった。

「せめて、水分補給だけでも、頼む……」

私が倒れたから泣いているのか。あれだけ私を追い詰めておきながら、今さらすぎるじゃないか。信じられない気持ちで、ただ見上げるばかりだ。

親の涙は、ずるい。無敵すぎて、ずるい。

こんなものを見せられたら、頑なに決意したものも、曖昧でうやむやになってしまうじゃないか。

「母さんもな、どうしていいのかわからず俺が出ることにした。昨夜は、起こそうとしてもまったく目覚めないし、うなされているようだったし、心配したんだぞ。救急車を呼ぶか迷ったくらいだ……頼む、食事くらいしてくれ」

「違うの……そうじゃないんだ」

願いを押し通すまでは、絶対に他の言葉を口にしないと誓っていたのに。

「どうしようもなく拒絶しちゃうの。お母さんが用意したご飯だと思うと、それさえ憎らしくて、受け付けないの。ごめん、お父さんもお母さんも大嫌い。本当は口さえききたくない」

私は、顔をそむけた。

「せめて、病院の食事くらいは摂ってくれないか。それなら食べられるだろう？」

ベッド脇の細長いテーブルには、病院食らしきトレーが載っている。下げられていないので、まだお昼の時間帯なのだろう。

「あとで」

気だるく返事すると、視界の外にいるお父さんから、安堵が伝わってきた。

「あのな、弥生。実はな……」

気遣うような、あるいはご機嫌をとるような色の声を出したお父さんだったが、

「いや、まあこの話はいい。若い連中は、何を考えているのかわからん」

もしかして、夫婦で話し合って私の動画活動を認める方向に決めてくれたのだろうかと期待し、もう一度お父さんを見上げたが、深刻そうに眉根を寄せていて、さすがにそこまで甘い話ではなさそうな雰囲気だった。

この親に、過度の期待は禁物だ。それより、ふと不思議なことが気になった。

「お父さんはどうやって動画のことを知ったの？　まだほとんど注目されてない底辺配信者なのに」

日頃から動画を視聴するような親ではない。もしバレる機会が到来するとしたら、もっとはるかに有名になってからだと思っていたのに。

「む……それはまあ、たまたま若い知り合いから聞いた」

それは、あり得るかもしれない。上田のあちらこちらで撮影してまわっていたのだし。私の顔を知っている誰かに見られても、おかしくはないというわけか……。

「じゃあ、お父さんはこれで行くからな」

立ち上がり、未練のような空気を残しつつ、去っていった。

自分が、娘にとってストレスの元になっているのがわかっている、そんな感じの去り方だった。

両親からの愛情は、疑うべくもない。

そんな両親へ背を向けている私は、とても親不孝なんだろう。

心配はされても、私の夢を認めることには、どうやらつながりそうもない。その「夢」の内容が、まさしく心配の元だからでもあるからだろう。

これはやっぱり、私のわがままなんだろうか。

夢と親、どっちかを取るとしたら……。

私は結局、今回も負けるのかな。


病院の食事は梅干しのお粥《かゆ》とフルーツ類で、これならどうにか食べることができた。これもまた、もともとは親が治療費を出してくれたものではあるけれど。

看護師さんの言うには、しばらく様子を見て退院を決めるそうだ。点滴は外された。三時間くらいかけてじっくり栄養分を補給する点滴だったらしい。

私の身体は思ったより衰弱していたらしくて、結局、一夜を病院で明かした。

次の日、仕事を少し早退したお父さんが車で迎えに来て、夕食前には帰宅できた。

入院で学校を休んでいる間に終業式が終わった。明日から夏休みに突入だ。

なお、通知表の内容は、とてつもなく良かったそうだ。もしこのまま動画を禁じられるなら、そんな成績などむなしいだけの代物だけど。

自宅ではこんこんと眠りつづけ、食事は胃に負担のない少量のお粥とスポーツドリンクで過ごした。

ようやく立てるようになったのは、週明けの月曜日、夕方になった頃のこと。

キッチンから漂う匂いに食欲がそそられる。それだけ体調が回復したということだろう。

普通にカレーを食べると、お母さんはとてもほっとした顔になった。

本当にハンストとかいうのをやってみようか……なんて邪悪な考えが頭をよぎったけど、それはやめておこう。

ご飯を食べずに倒れてしまうことが、こんなにも破壊力があって、親をうろたえさせるなんて……それを知った上で敢行するのは、力でねじ伏せるのと対して違いがない気がする。

夕食が済んだところで、そのままテーブルで両親との話し合いに移行した。

「この数日、母さんと話し合った。やはり、動画活動を認めることはできない」

いつもの、穏やかに諭す口調だ。

途端に、吐き気をもよおした。食べたばかりのカレーをテーブルに戻しそうになり、かろうじてこらえる。

固い沈黙が流れた。やがて、どうにか胸の悪心《おしん》を気合いで押しこめ、言い返した。

「動画をやりたい」

お母さんの顔がくもった。また食事を拒絶されると思ったんだろう。

「どうしてそんなに、動画なんかをやりたいんだ？」

お父さんが、こういうふうに娘の気持ちを訊くのは初めてだ。いつもの理路整然とした雰囲気を捨て、途方に暮れた困り顔でいるのも珍しい。

もっとも、その答えは六年生の冬からさんざん訴えてきていたのだけど。

「お父さんとお母さんこそ、どうしてそんなに動画を嫌うの？」

葉月や樹音の親が、理解あってうらやましい。葉月の親に至っては、家の中を企画会議や撮影場所として提供してくれていたし。

お父さんはじっくり腕組みをしたあと、特に新しさのない反論を述べた。

「日頃から世間を騒がせる配信者は、とても人として尊敬できない。充分な理由じゃないか」

「それにね、ドラマに登場する動画配信者なんて必ず軽薄で自分勝手で、自業自得的に痛い目に遭う役柄ばかりでしょう。世間はそんなふうにあの人たちを見ているのよ。弥生はいい子だから、他の夢を持ってほしいの」

これは平行線確定のルートだ。

「私ね、もし動画のない世界線に生きてたら、他の夢を選んだかもしれない。でも、本命に出会ってしまったんだから仕方がないよ。私は動画をやりたい」

「そこが、父さんも母さんも、どうしても理解できないんだ」

私は、どうして動画をやりたいんだろう……。

改めて、心の中のもっと奥深くにある動機に耳をすませ、それを語るべきなのかもしれない。だから私はきっぱりと、説得力のかけらもない答えを吐いた。

「なぜなのか、自分でもさっぱりわかりません」

お父さんもお母さんも、目をまるくする。あまりに予想外な答えだったからだろう。でも、今さら理屈をいくつも並べてみたって、仕方がない。

「ものすごく好きだから。好きに理屈なんてつけられないから」

あんな、理由にもなっていないと受け取られかねない言葉で、どれだけ納得してくれたのやら。両親ともにコメントもなく、その場は解散となった。

リビングから出たところで、気が抜けたのか、突如として吐き気がよみがえった。そのままトイレへ駆けこむと、せっかく食べたばかりのカレーが、胃から逆流していった。

ゾンビ、という言葉が心をよぎる。そうだね、これからの私は、ゾンビのようにふらふらと生きてゆく。諦めという名のサビが、じわじわと私を侵食するのを待ちながら。

【間奏】葉月

――いじめは誤解だった。

ジュンジュン本人が、そう否定してくれたおかげで、流れが急に変わった。

クラスのみんなは、あたしに対する申し訳なさを奥に秘めた様子で、少しずつ仲よく接してくれるようになっていった。

居心地の悪さを抱えながらも、気がつけばあたしは数か月ぶりの、懐かしい感覚を取り戻していた。つまり、クラスの真ん中にいて、みんなが楽しく過ごすよう気遣いながら、盛り上げ役の位置に収まっていた。

あたしはどうも、自然とそうなる性分らしい。

でも、そんな資格なんてない――そう思いつつも、習い性のせいか、気がつけば文化祭を引っ張って、ラップで盛り上がるまでになっていた。

やっぱり、楽しい。楽しみつつも、

（今度こそ、絶対に間違わないぞ、葉月）

と決意した。だって、過去が取り消せないのなら、未来をよりよくするしかないんだし。バカ騒ぎが好きな子から、マイペースな子、群れるのが好きじゃない子までクラスにはさまざまにいて、それらぜんぶ、ちゃんと距離を測って尊重する。その上で、誰も傷つけず、楽しい空間を創りだそう。

ノリは子供だけど、ちょっとだけ大人になったかな。

中身がなくてくだらない、けれど誰もがお腹の底から笑える話題でじゃれあおう。

けれど……。

どうしようもなく、ぽっかり大きな穴が空いている。あたしの内側のど真ん中で、特大の隙間風が吹いている。

それを埋めたくてバカ騒ぎをするのに、どうしても埋まってくれない。

理由なんて、わかってる。

「たった一人の親友は、他の誰かでは補えない……」

どんなにみんなが親しくしてくれても、どんなに周囲が賑やかでも、弥生と二人で過ごした動画の日々は、あまりに濃密で、ものすごく煌《きら》めいていたんだ。

「でも、あたしは、ケジメをつけなきゃいけないんだ」

無自覚な残酷さには、それに見合った代償が必要なんだ。

あたしは祈る。

「どうか、新しい晴れ娘が、盛り上がっていきますように……」

弥生とジュンジュンが組んだ最初の動画は、破壊力に満ちていて、憶い出すだけでも笑いがこぼれる。

それと同時に、不覚にも教科書に涙が落ちそうになった。

「おい砺波《となみ》、授業中に何をぶつぶつ言ってるんだ。しかもニヤニヤして」

「あ、はい、公式を暗記してましたー！」

先生のせいで、一気に涙が引っこんじゃった。やっぱり、あたしは湿っぽいものが似合わないキャラだね。

授業が終わって、さて放課後だ。

「葉月、あんたもバレー部に入りなよ。経験者なんでしょ」

「夏休み前に入部してくれたら、合宿とか一緒に行けるし、お願い！」

「うん、考えとくね」

バレー部女子に誘われても、答えを濁したまま保留している。これは動画への未練だ。前のあたしなら、秒で入部していたはずだから。

帰り際、Ａ組の教室をそっと覗き見する。これも未練だ。

「あれ……」

あたしは、妙な光景を目にして、足を止めた。

弥生の様子がおかしかったからだ。

夏休みの間にフル稼働するはずの企画ノートを、惜しむような手つきで、そっと机へしまいこんでいたのだ。まるで、埋葬だ。

そんな弥生の横顔には既視感があった。

小学校卒業間際の、動画を諦めたときと同じ表情——そう感じとった。

いつかはこういう瞬間を迎えるだろうと予測していたし、そうなったときには、弥生にとことん寄り添って、一緒に打開しようと心に決めていた。

そう。春に、桜の花が舞い散る中、ついに動画配信者としての活動を始めた弥生の笑顔を、守っていこうとあたしは決意していた。

(でも今、あたしはそれができるポジションにいない)

どうか気のせいであってほしい。どうか気のせいで……！

心の中で何度も唱えながら、あたしはＡ組から離れていった。


翌日。

動画撮影に向かう、うきうきした弥生の姿を確認できれば、それでよいと思っていた。だから、家の近くをうろうろしてみた。

でも。

弥生の家の玄関が開く。

そこから出てきたのは、ジュンジュンさんだった。

しかも、希望を何もかも失ったかのような、思い詰めた表情で。

あたしは、嫌でも悟らないではいられなかった。弥生に、何が起こったのかを。

（ジュンジュンさんに、あたしの姿を見られるわけにはいかない。でも……！）

そんな迷いを強引に振り切って、あたしの足は無意識に動いていた。

もしかして、相手をさらに傷つけてしまうかもしれないと恐れながら。

ジュンジュンさんに拒絶されるのを覚悟で。

【間奏】樹音

真夏の灼《や》けつくような夕暮れの中。

絶望に包まれながら弥生ちゃんの家から出たわたしの目の前に、いきなり誰かが飛び出してきた。

葉月さんだ。

怯えるわたしの前で、葉月さんが思いがけないことを言った。

「あたしのことは嫌いでいい、憎んでくれていい。それだけのことを過去にしでかしたんだから。でもお願い、ほんの束の間でいいから……ああ、あたしと、ふ、二人で、『晴れ娘』を……やらせてほしいっ！」

叫びにも近い懇願で、葉月さんは頭を下げつづけた。

不思議なことに、わたしは瞬時にトラウマを蹴り飛ばしていた。

この八方塞がりの状況を打破するには、独力では無理だと悟ったから。

それだけわたしは、必死だった。


その後すぐ、二人で学校へ向かった。

弥生ちゃんの机の中にあったノートを回収して、その場で開いてみた。

恐怖の対象だったはずの葉月さんと、こうして二人きりで夕暮れの教室にいるのが不思議な気分。でも共通の目的があるからか、ちっとも怖くなっていた。

弥生ちゃんの企画ノートをパラパラとめくってみると、末尾のページに、驚くものが現れた。

三人そろってのMV企画だ。

「弥生が前にメッセージで言ってたのって、これだったんだ……」

そうつぶやく葉月さんと、思わず目を合わせた。

黄昏れてゆく教室の中で、時間が止まったようにさえ思えた。

「こら、部活でもないのに、お前らどうして教室にいるんだ」

突然の叱責《しっせき》に、びくんと肩を震わせると、見回りの先生が仁王立ちしていた。

学校から追い出され、二人並んで無言のまま歩いているうちに、わたしは少しずつ勇気を固めていった。

「あの……は、は、は、葉月さん！」

「は、はい、なんでしょうか、お答えしましょか！」

葉月さんはどぎまぎしつつ、とっさに出たラップのリズムと、おどけた身振り手振りで、素っ頓狂に返事をしてくれた。

どんなときでも陽気さを失わないその様子が、かつて「晴れ娘」の動画で見た「はづ吉」さんと印象が一致して、つい笑っちゃう。トラウマが完全に消え去るわけではないにしても、わたしはひどくリラックスして、こう提案できた。

「ここ、これから駅前のカフェに立てこもって、さ、作戦会議を始めませんか！」

「う、うん、そうだよね！」

まるで腫れ物にさわるみたいな葉月さんの様子に、わたしは努めて落ち着いた態度を心がけて、

「弥生ちゃんへのメッセージに既読がつかないから、きっとスマホさえ没収されてるに違いないと思うんです」

「うん。しかも『晴れ娘』のチャンネルが削除されてるね」

深刻そうに、葉月さんがスマホで確認する。

「そそそ、そんなあ。じゃあ『晴れ娘』は、もう……」

「大丈夫、削除されたばかりなら、まだ復活は間に合う。それよか……もしかして、あの、失礼だったら指摘してほしいんだけど、ジュンジュンさんって、普段からそんなノリ？　動画の中で作ったキャラじゃなく？」

しまった。

うかつにしゃべると、ジュンジュンとしてのイメージが壊れるから気をつけていたのに。わたし、やっぱり動揺している。

でも葉月さんなら、弥生ちゃんが最大の信頼をおいていた葉月さんなら、それもいいと思えてきた。

目の前にいるのは、いじめっ子ではなく、親友のそのまた親友だ。

ほんの短時間で、驚くほどわたしの心境が変わっている。わたしは過去の幻影から逃げ回っていただけなのかもしれない。だって、実際にお話ししてみると、葉月さんは悪魔のような残酷さではなく、人に対する気遣いにあふれていることを、肌で実感することができたから。

「ジュンジュンさんさえよければ、弥生の考えたＭＶ企画を、おおごとにしちゃいたい。親がどんだけ禁止しようとも、これを派手に打ち上げて、よりたくさんの人が見て、引っこめるのが困難なくらいの既成事実を作っちゃおうかと」

「じゃあ早速、弥生さんを迎えに行きましょう！」

意気込んだところで、葉月さんが微妙な顔になり、ゆっくり横に首を振った。

「それは……もう少し待ったほうがいいと思う」

理由がわからず困惑するわたしへ、葉月さんは真顔で、

「前にもこんなことがあった。そのときは、弥生を説得するのに三年もかかったんだ。だから晴れ娘は、あたしたち二人でまず盛り上げないと、心を閉ざした弥生をひっぱりだすのは、不可能だと思うんだ」

葉月さんの言葉には、三年分の重みがあるように感じた。積み重ねた友情に、嫉妬の色で染まりそうになる。そんな自分を押しこめて、わたしはうなずいた。

たしかに、弥生ちゃんは一度たりとも、わたしに「親なんてどうでもいいから、動画をやろうよ」だなんて、言ってこなかった。葉月さんの言うとおりかもしれない。

それより今は、新しい友情を始めよう。必死な思いは、臆病な自分を急激に変えるのだろうか。わたしはこんな提案を口にしていた。

「と、ところで、もしよかったら、わたしのことは樹音って呼んでくだされば……むしろジュンジュン呼びは、ちょっと……」

第8話　リスタート

夏休みに入ってから、ゾンビのような心境で日々を送った。

家ではかろうじて薄いお粥だけを頑張ってすすった。レンゲ一杯分が限度だけど、梅干しなどの身体によさそうなものだけは、どうにか飲みこむ。

何日かして、病院の許可が下りてからは、塾へ通うことになった。ただし私がノートに字を走らせているのは数式や英単語なんかじゃなく、企画のつづきだ。

不真面目、上等。

未練と言えばそれまでだけど、たとえ「晴れ娘」が絶望的になろうとも、いつかきっと、自分のやりたいことを叶えられる機会が来る。そう信じて。

それだけが私の心の拠り所。少なくともチャンネルが完全消失するその日までは。

そんな日々がつづいて、八月最初の土曜日。

塾の教室で席に着くなり、とんでもない勢いで私の心のすべてを奪う会話が、耳へ飛びこんできた。

「あれ、すっごく燃え上がってるよね」

「ジュンジュンでしょ。見た見た。やっぱいいよね」

真面目に予習している子が圧倒的多数の中では、私語をしづらい。それでも二人組の女子がスマホを手に、こそこそ会話を交わさないではいられない様子だ。席が離れているから、断片的にしか聴こえないのが、もどかしい。

「だいたいさ、晴れ娘ってやつさあ……」

そのフレーズに、心臓が凍りつく。必死に聞き耳を立てたものの、

「静かにお願いします」

真面目そうな女子の鋭い一言で、二人組は短い舌打ちとともに押し黙った。

(炎上……ジュンジュン……晴れ娘……なにがどうなってるの?)

授業開始まで、あと十分もない。

迷っている暇はなかった。手早くテキストやノートをリュックへ放りこむ。慌ただしく動き出した私に、隣の真面目女子が目を丸くしている。

「急病。動悸《どうき》が激しいの」

誰に伝えるでもなくそう告げて、席を立つ。実際に胸のどきどきが止まらないから、嘘じゃない。

外へ駆けだすと、かげろうが立つほど燃え上がる真夏日の中をひた走る。

駅前図書館なら、すぐにでもネットを閲覧できる。

——晴れ娘が炎上……どうして?

鼓動はエンジンのように胸を打ちまくり、私の脚はフル回転した。

利用者カードを出すのももどかしく、ＰＣ席へ飛びこむ。

思えば、ずっと動画サイトをチェックするのが怖かった。図書館へ来れば、いつでもそれができたというのに。

この二週間、ネットそのものを避けてきた。

いざ、画面を開いてみると……小さく叫ばないではいられなかった。

「ある。晴れ娘チャンネルが、ある！」

ただし、私が知る「晴れ娘」とは様子が違う。トップ画も見覚えのないもので、プロ級の上手いイラストに、三人のアニメ風キャラデザが描かれている。

一瞬、名前だけ同じの違うチャンネルへ飛んじゃったかとも思った。チャンネル登録者数は二千六百人。私が知る「晴れ娘」よりずっと多い。

トップ画像に並ぶ三人組のイラストは、それぞれ葉月《はづき》、樹音《じゅね》、それから真ん中にいるメガネの子は、私を美化したキャラにも思える。

「これって、たぶん葉月のお父さんのイラストだ」

イラストレーターをしている、と聞いたことがある。

何より目を引いたのは、とても信じられない動画のサムネイル画像だった。

「これって……葉月？」

葉月が樹音と並んで、楽しそうにポーズをとった画像があった。

おそるおそる動画一覧のページへ移動すると……今までの動画がぜんぶそろっていた。

これは、葉月か樹音が復活させたということ？　チャンネルへログインしようと試みたら、パスワードがはじかれた。どうやら変更したらしい。私の親に、再び消されてしまわないように、と。

ログインは諦めて、動画をクリックしてみる。図書館だから音は出せないものの、テロップがあるから、会話の内容はわかる。

日付は、樹音が私のお母さんと口論した翌々日。撮影場所は、葉月の部屋だ。

「このたび、あたし、お久しぶりのはづ吉と」

「じゅ太郎と」

「せーの……」

二人、息を合わせて、

「それから今はまだここにいない弥七の三人で！　いろんな場所で、歌って踊っちゃうMVを作っちゃいます！」

そう宣言する葉月は、ローテーブルの上にあるノートへ手を添えている。はっきり映っているわけじゃないけれど、

「このノートって……」

学校の教室の、私の机にそっとしまいこんだはずの企画ノートによく似ている。

葉月の部屋で、樹音が笑顔で並んで座っている。不思議な光景だ。

葉月と樹音との間には、一人分の空間が空いている。そこにもう一人、すっぽり誰かが収まればちょうどよくなる、そういう空間が。

私を含めて三人がそろうことが前提のチャンネル、ということなのか。

「……ということでしてね、ＭＶを作ってく過程を、魅せ見せで行っちゃうよ！」

「ショート動画のほうでは、きれっきれのダンスも魅せていっちゃうからね！」

葉月と樹音、それぞれにノリながら、踊りのポーズをとってみせる。

「うちらの最終兵器・弥七が戻ってくるまで、ショートに制作過程を紹介してって、最後には完成動画を上げるって計画なんだ」

「年末に開催されるＴＧＦ・ｔｅｅｎへの出場が目標！」

樹音と葉月がそれぞれ拳を元気に突きだし、動画は終了した。

たった三分の予告動画だったけど、再生数は三千を超えている。

ショートの一覧へ移ってみると、すでに十本ほどの新しい動画が並んでいて、どれも葉月と樹音の二人が、きゃっきゃと楽しみながらダンスの振り付けを試行錯誤したり、歌詞を考えたりしている内容だった。

こちらのショートは、ジュンジュンらしい洗練された動きが、もっとはっきりしている。目の肥えた人が視聴したら、すぐに察しがつくだろう。

「これじゃあ、じゅ太郎の正体がジュンジュンだって噂くらい、余裕で立つよね。張り切りすぎだよ、樹音」

ふと憶い出す。コンビニの駐車場の片隅で、樹音が振り付けを考えていた光景を。

これは、あのときの動きだ。

作っている最中のフォーメーションは、三人が前提になっている。

それはまるで、一種の宣戦布告のようにも感じられた。

「うちらの弥生を取り返しにゆくぞ！」という。

強く願ってはいたものの、あの二人が結びつくなんてこと、心のどこかでは諦めていた。ただ自分の心を保ちたい一心で書いた、三人用の企画だった。

(私が知らないところで、奇跡が起きている……！)

そうなってくれるまでに、二人の間にはきっとけっして小さくはない葛藤があったはず。それを短期間で吹っ飛ばすほどの推進力が、二人に芽生えた。

私の両親がせっかく消したと思った動画チャンネルを、まるっとぜんぶ復活させ、あまつさえ私に公衆の面前で復帰を呼びかけるのは、挑戦状以外の何ものでもない。

お父さんもお母さんも、それを知ったらとても不快に思いつつ、優しくいつものように、私を諭すのだろう。

「友達は、選びなさい」と。

うん、選ぶよ。自分にふさわしい友達を、私はすでに選びとっている。

今の私は高校生。子供と大人の汽水域。

大人とは、自分で道を選べる人のことを言うんだ。大人しく、他の人に決められたことに従うのは、単に自分の人生を諦めただけの奴隷だ。

そんな想念を抱きながら、一番最新のショートをクリックする。

葉月が焼き鳥を両手に持って、即興ラップで変なダンスをしている。

「うまダレじゃないよ美味《おい》ダレだよこれ、あんたダレ酔って倒れダルダルたそがれタレが手に垂れニンニク風味の上田の美味ダレ！」

「はい、ダメダメ。韻《ライム》がもつれてるじゃないの。フロウをもっと重視して。リズムの流れのことね。伝わりやすさがぐっと違ってくるから」

画面外から誰かが口出ししている。この声は、もしかして……？

「はづ吉さんのお姉さんって、厳しいんですね……」

「ほんと、むかつく言い方する姉ちゃんだよ。でもここで投げ出したら、あとで弥七に怒られちゃう」

葉月がペロリと舌を出し、企画ノートをパンと叩いたところで終わった。

ふと憶い出す。先日、葉月がお姉さんと並んでカフェへ入った姿を。姉妹のわだかまりに固執していられないほど、葉月は本気を出しているのか。自分より優れた技術を持っている人から、懸命に吸収しようと頑張っている様子が、このたった三十秒のショートに詰めこまれていた。

かつて学校の帰り道、二人の姿を見かけたときには、それぞれの道へ戻ろうとしているものだとばかり思った。でも違っていた。あれは二人とも「晴れ娘」を取り戻そうと動いていたのだ。あのとき、二人はすでに手を組んでいたのだ。こみあげる想いが胸をつき、涙が出そうになる。

別のショートもひとつだけクリックしてみる。

「……ファー、シッ、セブン、エイッ。どうです、この振り付けで」

「いいね。でもさ、じゅ太郎。あたしはいいけど、弥七が踊れると思う？」

「……厳しいですよね、はい。じゃあもっと簡単なのを考えますね！」

余計なお世話だよ葉月！

それを肯定する樹音も樹音だ、他の部分はポンコツのくせして！

ふふっと笑いがもれる。画面越しなのに、動画の中に参加している気分になって。

さて、いよいよSNSで炎上内容のチェックに踏み切る。けっして予測不能な内容ではなかったし、そして恐れていたよりずっと重かった。
ちょうど私が病院で寝込んでいる間に起こったらしい。
「過去のいじめ問題が再発してるし……『はづ吉』が樹音を脅して、無理やりジュンジュンをやめさせた上に『晴れ娘』への参加を強要したことになってる……」
六月に学校内で流布した噂の焼き直しだが、今度は全国くまなく流れているせいで規模が違うし、しかも尾鰭《おひれ》がついて、もはやデマだ。
人の悪意は、メンタルを大きく削りとる。悪気がないつもりでも、無責任に人を攻撃する言葉は、むき出しのナイフと何も変わらない凶器だ。
——このはづ吉って奴、反吐《へど》が出る。ジュンジュンが笑顔で映れば映るほど反吐が出る
——これがジュンジュン？　イメージ違うし、表情もどこか硬いよね
——この晴れ娘って何なん？　ダサいしジュンジュンが出る動画じゃないよね
私に対するコメントもあった。
——弥七ってやつが中心だったらしいけど、今は追い出されてて草
いや、追い出されてないし、二人が撮ってきた動画を見れば、私を待っていてくれてることは一目瞭然なんだけどな。
人って情報の断片だけを軽率に拾って、好き勝手に妄想を拡げる。

もっとひどい罵詈雑言《ばりぞうごん》もたくさんある。気になるけれど、これ以上同じような無責任発言をあさっても、意味はない。

ジュンジュンのSNSでは、この炎上に関して沈黙を守っていた。さすがインフルエンサー経験者だけあって、可能なかぎり最善の対応を心がけている。ジュンジュンモードの樹音は、ポンコツ感がなりをひそめる。

そう、今の時点で何かコメントを発信しても、火に油を注ぐだけなんだ。しかも公式には「ジュンジュン＝晴れ娘のじゅ太郎」を明かさないスタンスなのだし。

ただ一言だけ「今とっても充実しています。ファンのみんなは、そっと応援してね」と投稿してある。

私には、これが樹音からのSOSのように思えた。

「今すぐ合流しないと……！」

私に何ができるかなんて、悠長に考えている暇はない。

「その前に、私には武器が必要だ……！」

その武器は、家の古臭い金庫の中に囚《とら》われている。

「親を、何としてでも説得するんだ。そしてスマホを取り返す！」

これまで私は、二度も負けた。でも、

「再び、立ち向かわないと……」

病み上がりで体力もないのに、この炎天下、家を目指して猛烈に走った。

帰宅すると、リビングのテレビがついている気配が、玄関まで伝わっていた。お母さんはパートへ出ている時間帯のはず。

無言で入ると、お酒のグラスを手に、お父さんが食卓の隣のソファで何やら古い映像を見ていた。

「え、これ、私？」

テレビから「やほー、やよいちゃんねるでしゅ！」なんて幼い声が発射されて、幼稚園くらいの私が、モニタの中で動画配信者のまねごとをしていた。

「あ、ああ、弥生《やよい》か。塾はもう終わったのか？」

うろたえを隠しきれないお父さんはリモコンでテレビを消して、デッキからＤＶＤを回収した。

「私の幼い頃の動画なんて、なんで見てたの？」

「まあ、いいじゃないか。親というのはだなあ、時には、懐かしいものを見てみたくなるものだよ。こんな可愛い時代もあったんだなあ、とかな」

十年も前にホームビデオで撮影したものだ。たしかに懐かしい。この頃は動画配信のまねごとをしていても、両親のどちらも嬉々として撮ってくれてたようだ。そんなの、すっかり忘れていたけど。

あの時代は、動画配信の黎明期を過ぎて、一般的認知が一気に進み出したくらいの時期だった。それにつれてネガティブなイメージも急速に拡大し、ついには深刻な犯罪者まで出て世間を騒がせていった。ごく一部のせいで、全体に対する偏見と嫌悪が熟成されていった。

犯罪とは無縁の、ちゃんとした配信者であっても、何らかのかたちで炎上することもあったので、イメージは良くなりようもなかった。

一度こびりついた偏見は、そう簡単には払拭できない。

「ねえお父さん。改めて訊きたいんだけど……」

何度も訴えかけてきた話題なんだけど、少し切り口を変えてみる。

「野球選手になりたい夢を持ってたんでしょ。動画配信者と何が違うの？」

「いや、だいぶ違うと思うが……」

違わない。人を楽しませ、生きる力を与え、しかも普段の地道な努力が必要という点では、何も変わらないのに。

それが理解できないのは仕方がない。人は自分の嫌いなものを理解しようとはしないし、それは身にしみて痛感してきたから。

「じゃあ質問を変えるね。どうしてそれを諦めたの？」

お父さんは黙りこくって、グラスの中の氷をカランと揺らし弄《もてあそ》んでいる。やがて、

「そんな夢を叶えられるのは、ごくごく一部の特別な人たちだけだ」

「でも、ちょっとでも挑戦しようとしたの？」

「人生はやり直しがききにくい。冷静に進路を見極めるのが、大人への正しい入り口なんだよ」

お父さんは、どことなく寂しそうに笑っている。

「……なあ、弥生。やっぱり父さんは賛成できない。全世界に姿をさらしたり、炎上のリスクがあったりで、そんな危ない世界で頑張れとは、とても言えない」

「それでも私は……！」

声を絞りだし、奥歯をぐっと噛み締めた。

よほどの迫力があったのだろうか、お父さんは目を丸くし、私を凝視した。

「そうか。その鬼気せまった様子だと、弥生は知ったのだね。スマホがなくても、ネット環境なんてどこにでもある、か」

お父さんこそ、どこで知ったのか、どうやら「晴れ娘」の炎上を把握していたような口ぶりだった。

（そっか……炎上が始まったのは、私が退院したくらいのタイミングだった）

燃えさかる場所に、娘を飛びこませたいはずがない。「晴れ娘」の炎上を知ったお

父さんは、私に対する動画禁止を続行するしかなかったのだ。

けれど、お父さんはテーブルの上にあったホームビデオのＤＶＤケースを手に取り、じっと眺めながら、おもむろに、

「右から交互に、54、79、29……」

こめかみを押さえながら目を閉じ、謎の数字を読みあげた。

「ううむ、歳をとると、暗記しておかなくてはならないものを、たまに確認しないと忘れてしまいかねないんだ……もう一度だ、右から交互に、54……」

これは、金庫の番号だ！

「ん、ああ、弥生に聞かれてしまったか。だがそう簡単には憶えられるものじゃないし、そもそも弥生は悪いことができる子じゃないから、安心だな」

いや、しっかり暗記できてしまった。

でもお父さん、いったいどういうつもり？

「そろそろ母さんも帰ってきそうだ。おっと、酒を飲んでた証拠を隠滅しないと叱られる。人間、ズルをするときは、バレないようにしないといかん」

堅物なお父さんらしくない、不穏なことをつぶやきながら、すぐそばのキッチンへ。シンクへ氷を投げ入れ、グラスを丁寧に洗っている。

「さて、酔いを覚ましてこよう。ズルのことは、お母さんには内緒にしてくれ」

散歩へ出るようだ。

「そうそう、さっきの質問だがな……親父とは、つまりじいじとは殴り合いの喧嘩をした。親に黙って野球の推薦校を受けようとして、そいつがバレてな。おかげで家の中をめちゃくちゃにしちまったもんだよ」

黒い笑みを残して、玄関から出ていった。

いつも優しいじいじと、暴力なんて縁のないお父さんが、殴り合い?

にわかには信じられないエピソードが、私の脳内で反響する。

お昼の時間がじりじりと迫る。もたもたしていると、お母さんが帰ってくる。

誰もいないリビングで金庫へ駆け寄り、冷たい金属のダイヤルを回し始めた。

「ごめんなさい、本当はフェアにいきたかったけど……それどころじゃないの」

金庫は、開いた。

ああ、スマホ。

私の、スマホ。

三週間ぶりの手触りだ。この四角いフォルム、保護ガラスの小さな傷とヒビ。ケースの裏にべたべたと貼った、推し配信者たちのシール。

そのスマホケースをはがし、影武者のように元の位置へ置いておく。お母さんが直接手に取らないかぎり、スマホは依然としてそこに在るように見えるだろう。

電源が入らないけど、充電はあとまわしだ。

そのまま家を飛び出そうとした途端、玄関先でうずくまった。

「あ……まずい」

立ちくらみだ。視界が暗転し、動けなくなる。

連日ずっと、薄いお粥を一口しか食べていなかったし、さっきは無茶して炎天下を走りまわったのだ、こうなるに決まっている。

気持ちだけがどんなに急《せ》いても、身体がついてこなければ何もできない。

「ちょっと、弥生！」

ちょうどパートから戻ったらしいお母さんの声が、頭上から降り注いだ。

腕をつかまれ、そのまま慎重にリビングへ戻される。

椅子に座らされたところで視界が戻ってきたが、動悸が激しいし脂汗もひどい。

「パート先のお惣菜《そうざい》を買ってきたから、一口だけでも……」

「それ、ぜんぶちょうだい」

きょとんとするお母さんへ、鋭くもう一度、

「ぜんぶ、ちょうだい。今の私には、それが必要なの」

精神のモードが変わったせいなのだろうか、猛烈な空腹感が襲ってきた。

「焼きそばだけど、大丈夫？」

「むしろ一個じゃ足んないくらい」

パックを開けるや、付属の割り箸で勢いよく掻きこんだ。

「しばらく胃にほとんど固形物を入れてなかったんだし、そんな急に……」

「冷蔵庫の中にトンカツの残りがあるでしょ。あれもちょうだい」

小柄なわりに、もともと大喰い体質だったのだ、これでも控えめな量だ。

「お母さん、嬉しいわ。ようやく弥生がご飯を……」

「悪い、私は親を裏切るつもりで食べてるの」

我ながら生真面目かもしれない。わざわざ宣言しなくてもいいのに。

けれどお母さんは、何かを察したかのように、妙なことを言い始めた。

「あのね……友達が大変なら、助けたほうがいい。女子にとって、心が通い合う友達は貴重なんだから。お母さんもね、友達からは何度も助けてもらったし、支えられてきたの。さもなきゃ、今頃三回くらいは離婚してたかもしれない」

離婚⁉　とんでもないパワーワードが飛び出した。娘から見て、嫌になるくらい息がぴったりの夫婦なのに。焼きそばが喉に詰まりかけて、ごふっと咳きこむ。

「この世で一番信頼できるのは、女子同士の友情よ。友達のために、相手の母親にも喰ってかかれる友達なんて、貴重だから大切にしたほうがいいわ。弥生はただでさえ友達が少ないんだし」

いや、最後のはかなり余計な一言だ。

私が知っているお母さんなんて、いやお父さんも、ほんの一部分でしかないのかもしれない。少なくとも、親としてのお母さんとお父さんしか知らない。

両親がそれぞれどんな高校生だったのか、大学で何を勉強していたのか、どんな人たちと仲よくしていたのか、どんな気持ちで野球やカフェへの夢を持って、そしてそれを手放したのか。私はまったく知らないし、知ろうとしたこともなかった。

お味噌汁も出てきた。たっぷりのネギが香ばしくて、半熟の黄身が白身の衣をまといながら、ぷかりと浮かんでいた。まるで、味噌汁に降臨した太陽だ。

信州味噌の旨味とともに、ねっとりした黄身の舌触りが美味しさを引き立てる。

食事の威力はなかなかのもので、血流とともに力がみなぎった気がする。

「一時間経ったら起こして。お願い」

食卓横のソファへ身を横たえ、そのまま、強烈な睡魔により意識がとだえた。


目が覚めると午後三時だった。

三時間近くも眠っていたらしい。予定より時間を喰ったものの、信じられないほど意識が冴えていた。

ふと不安になってポーチの中を確認すると、スマホはちゃんとそこに在った。

なぜか、充電がフルに近い。

ふと思い立ち、靴を履く前にメッセージアプリを立ち上げる。未読がたくさん溜まっていた。主に葉月と樹音だ。

さらに、グループメッセージへの招待もあった。グループ名は「晴れ娘」だ。今までは葉月か樹音、どちらかとだけ組んでいたから、グループ作成までは必要なかったけれど、三人でやってゆくなら、これは必要。

二週間半も前に招待してくれていたようだ。二人が手を結んだときの日付だ。それを承諾すると、これまでのやりとりが一気に押し寄せてきた。

すべてに目を通す時間はない。さっと眺め渡したかぎり、葉月の真剣な気持ちや、樹音の途惑いながらも歩み寄ろうとしている様子が伝わるやりとりが、そこに連なっていた。

それ以上に目についたのは、晴れ娘を維持して私のことを待ちつづけようという、二人の共通した想いだった。

少し、目が潤みかける。

一番最新のやりとりを読むかぎりでは、

「二人は、葉月の家にいるんだね……」

玄関を開けながら、メッセージを飛ばしておく。

「今からそっちへ行くね！」

気分は、青空へ発射する炭酸水ロケットだ。

商店街は七夕祭りの真っ最中。各所に色とりどりの短冊が風にそよいでいる。その一枚一枚が通常よりずっと大きい。大きな夢と願いを乗せるかのように。

笹《ささ》の葉が風にさらさらと揺れて、私の心とリンクする。

ひた走る私の視界に、やがて葉月の家が出現した。


ここら辺は住宅しかないので、不審な人がいたらすぐわかる。幸いにも葉月の家が特定されている様子は、まだないようだ。

握ったままだったスマホが、ぶるっと震えた。メッセージの着信だ。

チェックしようと画面へ触れようとしたら、それより早く、葉月の家の中から手招きの手が見えた。

一目散に、家へ飛びこむ。古くてボロくて独特のにおいがあって、けれど案外と広い屋内で、いきなりハグの洗礼を受けた。

「弥生、待ってたよ！」

「弥生ちゃん！」

前から後ろから、現役で晴れ娘として活躍する二人の熱い出迎えにはさまれ、あやうく潰れかけの蛙《かえる》みたいなうめき声を出すところだった。


二階の、葉月の部屋へ。古びた家屋の、懐かしいにおいに満ちている。

「なんか心配させてごめん。いても立ってもいられなくなったから、来た」

三人、ローテーブルを囲んだところで、

「弥生ちゃん、聞いてほしいの。わたし、葉月さんにすごく助けられたんです」

「もうさ、とにかく弥生に聞いてほしいんだ、これまでのこと、ぜんぶ」

待ちきれない様子で、樹音と葉月は語り出した。

二人がトラウマを超えて手を結ぶまでの物語だ。

(皮肉っぽいけど、お父さんやお母さんが動画活動を禁止したおかげで、この二人が手をつなぐことになったんだ……すごい荒療治だったけど)

いきさつを語り終えた二人は、実にすっきりした顔をしていた。

「もうひとつ聞かせて。今まさに大騒ぎ中の炎上騒動だけど……」

避けては通れない問題を口にすると、二人は途端にうなだれた。

炎上は、覚悟していた以上に手強いことを痛感している。

為すすべもなく燃えひろがる山火事を、茫然と眺めるしかない……まさにそんな状況だ。

——ジュンジュンのイメージが台無し。こんなポンコツ役を強要するなんて！

——はづ吉ってやつに何か弱みを握られてるんだよ、絶対
なんてコメントはまだよいほうで、

——次の撮影場所を特定しようぜ、ジュンジュンを救い出して、はづ吉とやらをボコボコにしてやるんだ。集合～！

ここまでくれば、もはや犯罪だ。訴えれば勝てる事案じゃないか。

一番の懸念は、悪質な特定班の手によって、葉月のプライバシーが暴かれること。もしうちの学校に、炎上の元凶を作った人がいたら、もう筒抜けだろう。

樹音と葉月、お互いに視線を交わしたところで、

「じゃあ、あたしが話すよ。樹音にとってはつらいことだろうからさ」

葉月が、炎上について語り始めた——。


毎年恒例の、市街地を練り歩く踊りイベントで。

つまり、私が倒れている最中だった、ちょうどその頃。

葉月と樹音はこの機会を逃すまいと、当然のように「晴れ娘」として撮影にのぞもうとしていた。

お神輿《みこし》、太鼓、踊りなどの他にも、飛び入り参加で踊れる枠も設けられている。そ

のスタート地点となる大きな交差点のコンビニ駐車場で、前振りを撮影しながらチャンスを窺っていると……。

「ジュンジュンさん、握手してください！」

「写真、いいですか！」

困惑する樹音にかまわず、ファンらしき女子グループがぐいぐいと押し寄せてきた。

多少騒いだところで、周囲はお祭り真っ只中だから、まったく目立たない。

「いえ……わたしは『晴れ娘』という動画配信者で……」

と否定する樹音も無視して、しまいには雁金マスクをはぎとろうとさえする。

たまりかねた葉月が、樹音を抱き寄せるように助け出し、

「ごめんね、あたしたち、撮影中なんだ」

やんわりと断りつつ、盾になろうとした、そのとき。

「やばいよ、この女ってジュンジュンをいじめてた奴じゃん」

「マジ⁉　嫌がるジュンジュンを脅迫して、底辺配信者に付き合わせてるやつ？」

「助けなきゃやばいじゃん」

勝手な言いぐさで盛り上がり、その態度が暴力性を帯びてきた。

このままでは、まずい。

危機感を抱いた葉月は、とっさに樹音の手をとって走り出した。

けれど道は見物客でいっぱいで、全力疾走などできそうもない。

「こっち！」

踊り連が練り歩く道路の中央へ乱入。着物姿のおばさんたちを驚かせ、おそろいTシャツの幼稚園児が歓声をあげる中、その隙間をぬってひたすら走る。

振り返ると、こちらを追いかけようとした女子連中は、タイミングが遅れたせいで警備員の制止を受けていた。

大通りから細い路地へ飛びこみ、その夜はどうにか撒いたのだった――。


「でもね、その後にこんな動画がアップされちゃいまして……」

樹音が私に見せたのは、踊り連の列を乱して走り去る、二人の後ろ姿だった。

「市民が楽しむイベントを邪魔する、迷惑系配信者」

という字幕付きだ。

これが、炎上の発端となる出来事だったらしい。

一番のコアとなる要素は、葉月と樹音の過去を知る何者かが、裏で糸を引いているということ。それは、六月のいじめ騒動の黒幕と同一人物なのかもしれない。だとしたら、同じ学校の誰かの可能性が濃厚だ。

私の記憶の中で、何かが引っかかる。

屋上階段で、初めて樹音に声をかけられた直後、階段付近で誰かにぶつかりかけた。あのときは気が動転して、気にする余裕もなかったけれど。

もしジュンジュンが「晴れ娘」に活動を移すのが気に入らなかったとしても、過去のいじめ問題が噂になったのは、樹音がこちらに加わる前の話なのだ。

——誰かが、樹音と葉月の過去を知っていて、学校で言いふらすことであらかじめ「晴れ娘」をつぶし、加入を阻止しようとした……？

その推論を述べると、

「でもわたし、葉月さんとの過去のことは、誰にも打ち明けたことがなかったはずなんです。なにしろ、お母さんとの手話のことが発端でしたし。あの頃のわたしは幼くて、それを恥ずかしいことだと思いこんでいましたし。ただ……」

樹音が両目を閉じて、自信なさそうに、

「ずっと考えつづけていたんですが、一度だけ、少し話題に出したことがあったかも……すごく昔、長野へ引っ越した直後の、ダンススタジオで」

「それって、相手が誰だかわかる？」

「それが、どうしても憶いだせなくて。しかもその相手、そのうちすぐにやめていきましたし、顔も記憶になくて。すみません……あ！」

何か手がかりが得られるか、と私も葉月も注目するが、

「その子、上田から通っていると言ってたような気がします。だから引っ越したばかりのとき、一緒にいることが多かったのかも」

「もしかして、同じ小学校？」

「いえ、もし同じ小学校だったら、逆に近づけなかったと思います」

そりゃそうだろう。樹音の内気な性格からして、自分の事情を知っているかもしれない相手と打ち解けるのは、とても難しかっただろうから。

「その子が、実は学校でジュンジュンの取り巻きをしていた子の中の誰か、てことはない？」

ふとした思いつきだけど、彼女たちはファンというより、信者的に樹音との交流を自慢に思っていた子たちだ。樹音が「晴れ娘」としての活動をして以来、絡む機会がめっきり減って、恨みに思っていても不思議ではない。

「う～ん……新庄さん、加藤さん、山室さん、上市さん、小杉さん……みなさん、わたしのことを尊重して一定の距離を保ってくれる、いい人たちですしねえ……」

信じていたい、というより人を疑うことに抵抗があるようだ。

私は少し息をつき、ぐるりと辺りを見渡してみる。

葉月の部屋は、二か月前と少し印象が変わっていた。

大きなリングライトが鎮座しているのが最大の違いだ。これがあるだけで、とても動画配信者らしくなる。リング状に光を照射することで、顔にできる一方的で不自然な陰影をなくしてくれる、撮影のマストアイテムだ。

私が「晴れ娘」を離れている間に、いろいろなものが進んでいる。

「入るぞー」

葉月のお父さんが、たっぷり盛った蕎麦を抱えて襖《ふすま》を開けてきた。両手が塞がっているから、足で器用に開け閉めしている。

「午後のおやつだ。俺がまごころをこめて打った手打ち蕎麦を、大放出だぞ。兼業主夫の腕の見せどころってやつだ。お、弥生ちゃん久しぶりだね」

いつも作務衣《さむえ》姿のこのお父さんは「晴れ娘」の三人そろったイラストを提供してくれたプロだ。改めてお礼を述べようとしたものの、

「ごゆっくり」

笑みだけを残して、さっさと襖を閉め、階段を下りていった。

「ここから先は、切り替え！　ねえ、私の計画を聞いて」

二人とも前のめりになって、力強くうなずく。

「私たち三人、早速大きな花火を打ち上げようよ」

私が不敵に笑うと、

「花火、かあ」

「明後日の月曜日、ですね」

二人が察したとおり、月曜日には花火大会が開催される。

「しかも、単なる企画じゃない。MVの、一番盛り上がるシーンから撮るの」

「フックから撮影するのかあ！」

「サビから撮るって、ものすごいスタートダッシュですね！」

喰いついてくれた。

「それをするには、この土日の二日間を、準備に全振りする必要があると思う。葉月はその部分の歌詞を完成させて。樹音は盛り上がるダンスを考えて」

私はテーブルの上の企画ノートを開き、ページをめくる。

決めるべきことを列挙する。

衣装をどうするか。撮影場所をどうするか。どうせなら昼間のうちから屋台を練り歩いてみよう。そうなると効率よく各場所をめぐる必要がある。

「そして、アンチによる妨害も想定しなきゃいけない。そうなった場合の対処も考えておかないと」

「あたしの姉ちゃん、上田サイファーっていうラップ集団にいるんだけど、そこのお兄さんやおっさん連中が強面《こわもて》でさ、用心棒になってもらえるか交渉するよ」

そうだ、葉月はこの短い期間の間に、お姉さんと和解を果たしていたんだ。それも「晴れ娘」のMV企画を成立させるために。

「しかも、音源も作ってくれるってさ。機材とかあるから」

なんて心強い味方を得たんだろうか！

私なんて、ネットに転がっている歌抜き音源を探すしかないと考えていたのに。

そうとなると、私の思考がますます回転する。

「樹音さん、見てみて。弥生の眼がらんらんと光ってる。これが弥生なんだ」

「弥生ちゃん、見事に覚醒してますね……」

「じゃあ、まずは前哨戦《ぜんしょうせん》。せっかくそろった三人だし、それを世に知らしめる挨拶動画を一発ぶちかましちゃおう。アンチの黒幕が誰であれ、炎上を突破する正攻法は、私たち三人が楽しく動画を撮る、ただその一点のみ！」

この提案に、葉月が親指をぐっと突き出し、樹音が勢いよく首を縦に振る。

「これは、宣戦布告なのだ！」

今ここから再始動する「晴れ娘」には、勢いが必要だ。

私たち三人は互いにハイタッチし、いえーいと歓声をあげた。

三脚を立ててカメラを設置。ライトを灯すと、その上下左右から、隙なく余すとこ

ろなく照らしてくれる光に、

（これが、憧れのリングライト……）

配信者として、一歩前進できた気になる。

自分のポーチから、丁寧に折り畳んであったヘアバンドとウレタンマスクを取り出す。これを着けるのは三週間ぶり。もう何年も昔のような懐かしさだ。

問題は何ひとつ解決していないが、場が活気づく。

スタンバイに向けて、メイク、カメラの微調整、動作チェック、記録媒体のチェック、照明の位置あわせを進める。

いざ、三人の位置決めを。これまでそれぞれ二人組でやっていた頃は、カメラから見て左側に私がいたけれど、葉月はさも当然のように、

「弥生がセンターでしょ」

こんな派手な二人に左右からはさまれるのは、ちょっときつい。

でも、ここで揉《も》めていては、お蕎麦がのびる一方なので妥協した。

ローテーブルを前に、三人ですっぽり収まる。

ふっと思いついたように、樹音が変なことを言い出した。

「弥生ちゃん、葉月さん、そしてわたし。全員、運命みたいに名前が共通していますよね。弥生ちゃんが三月でしょ、葉月さんが八月、そしてわたしが六月」

たしかに弥生は三月の名前、葉月は八月を意味するけど、でも樹音は……？

「六月生まれだから、じゅね。ＪＵＮＥのローマ字読み。一人だけ英語由来だけど」

「あ！」

「なる！」

私も葉月も、同時に叫ぶ。

しかもよく考えてみれば「ジュンジュン」はＪＵＮＥの繰り返しだ。

これまでバラバラでまとまらなかった三人分のピースが、ようやく「晴れ娘」のかたちにぴたっとはまった、そんな心強さだ。

「よし、カメラは回ってる。挨拶からいこうよ」

葉月の音頭で、三人とも座りなおし、姿勢を整え、私の「せーの」で、

「ぶっさせ！　上田産まれの晴れ娘！」

「はづ吉です！」

「じゅ太郎です！」

「弥七です！」

綺麗に決まった。

葉月と樹音による両側からのぶっさしピースが、大きな外側ハートのシルエットになる。真ん中の私は両手でぶっさしピースをやるから、内側の小さなハートになる。

ついに完全体となった「晴れ娘」が、再始動する。

「しばらく忙しくてお留守にしてた、わたくし弥七ですが、ついに合流できました」

深々と頭を下げ、かつ照れたように頭を掻いてみる。

「途中、六月にはあたしも抜けたりとかしつつも、やっと三人がそろったよね」

葉月の口ぶりは、まるで最初から三人が前提であったかのようだが、いっそ、そういうことにしたほうがいいと思う。

「それではこの巨大蕎麦、全員集合した記念に、三人でやっつけましょう。えーとわたしがこのくらいで、はづ吉さんもこのくらいで、残りはぜんぶ弥七ちゃん！」

樹音は動画モードになると、態度に遠慮がない。二人それぞれ一割程度を担当して、残り八割を私に食べさせる気だ。

「待って、バランスおかしいから！　しかもこれ、すっかりのびてない？」

なんて抗議しながらも圧倒的ボリュームの蕎麦へ挑み、左右でそれぞれボケた発言をするそばから私が軽くつっこんでいって。

炎上の事実なんてないかのように、楽しそうに撮影する。きっとそれが正解。

炎上は、きっととても手強い。

もしかして、結局は追い詰められて絶望するかもしれない。

でも、そんな火事場の真っ只中を、三人ひとかたまりになって、その先にある目標

へ突っ走ってやる。そう、

「目指すは、ＴＧＦ・ｔｅｅｎ長野への出演！」

会話の流れを無視し、私は叫ぶ。人差し指を頭上へ掲げて。

「行くぞ、おーっ！」

左右の二人も同じポーズで、天井を勢いよく指差した。

第9話　真・上田産まれの晴れ娘

嵐のように、土日の二日間を駆け抜けた。

まずは葉月《はづき》がラスト部分の歌詞を完成させ、樹音《じゅね》が振り付けを考えた。その間、私は花火大会周辺地図を睨み、撮影に最適な動線をシミュレートした。

翌日の日曜日は、とても賑やかになった。

葉月のお姉さんとラップ仲間がやってきて、歌詞のダメ出しをみっちり仕込んでくれたのだ。葉月はへこむどころか、真剣かつ謙虚に、きつい言葉を受け入れていた。

その間、一階の六畳間を借りて、私は樹音の特別レッスンを受けることに。

ダンスの三十秒は、果てしなく長い。本気でやるとスタミナがすぐに削られる。

「これを、浴衣姿でやるのかあ……」

六畳間の壁には、三人分の浴衣が吊《つる》してある。黄、青、赤。これからはこの三色をパーソナルカラーにしてゆくのだ。

大輪の黄色いひまわり柄は、葉月の浴衣。花言葉は「光り輝く」だ。

青い花が散らしてあるのは、私。三月に咲くアネモネだ。花言葉は「固い誓い」。

そして大柄のバラが赤く咲いているのが、樹音。花言葉は「情熱」だ。

これらはみんな、樹音が以前「ジュンジュン」として受けたアパレル案件でもらった浴衣だそうだ。帯はそれぞれの同系色の、淡色バージョン。

それらを見上げながら、

「上手くいくかな……」

そうつぶやいたとき、葉月が襖を開けて姿を現した。

「いくよ、絶対。だって弥生が戻ってきたんだもん。そろそろ衣装合わせだよね」

歌詞指導が、ひと区切りついたらしい。

葉月は、私が加わっただけでぜんぶ上手くいくと勝手に思っているふしがある。

でも考えてみれば、葉月のこの根拠のない「弥生と一緒なら大丈夫」という自信に引っ張られて、私はここまでやってきたんだ。親に反抗することさえ覚えた。

葉月は小学生時代の企画ノートを見て、惚れこんでくれた。今にしてみると幼稚な内容だったけれど、その濃密な書きこみの熱量を買ってくれたのかもしれない。

樹音は私の「おもしろダンス」で救われたと言う。稚拙なダンスだっただろうけど、人を楽しませたい一心の姿が、樹音の心を打ったらしい。

私は、そんな二人にこそ、救ってもらえた。

樹音に着付けを教えてもらいながら、三人それぞれに浴衣へ袖を通してみる。

「やばい。私、これを着て踊る自信ないかも」

「大丈夫です、脚を大きく開かない動きにしてあります」

そうは言われても、憶えたばかりのダンスを試してみると、背中や肩、腰で生地がつっぱり、実に動きづらい。

「誰だよ、こんなに無謀な企画を考えたのは……私だ」

ぼやいたところで、新たな乱入者が無遠慮に現れた。

「おい、あんたら信号かよ。赤青黄とか、笑かすつもりかよ」

口の悪い葉月のお姉さんだ。名前はたしか、睦月《むつき》さんといったっけ。否定はできない。疑問の余地もなく信号色の浴衣だし。

上田サイファーのお兄さんたちも階段を下りてきて、勢いよく襖を開けた。

「おい睦月、アリミツから音源が送られてきたぞ。注文どおり、まずはラスト三十秒ぶんだけだ」

「うちらの仲間は仕事が速いねえ。なあ葉月、本来ならＭＩＸ作業だけでも三万円なんだからな。あんたらの意気込みに負けたから、協力してやってんだからな」

 恩着せがましい言い方だが、これは真摯に受け止めるべきだ。それだけの価値がある作業を、無償で提供してもらえている。それを忘れてはいけない。

今後、本格的に動画配信で生きてゆく覚悟を持つなら、なおさらのこと。それは葉月のお父さんのイラストにも言えることだ。

その、葉月のお父さんまでもがやってきて、

「さあ夕食だ。大人数には蕎麦盛りが一番だな」

大ざるに大量の蕎麦を載せて、畳のど真ん中に置いた。

六畳間に七人もいると、狭くて暑苦しい。エアコンの温度を三度くらい下げて、夕食に喰らいついた。

もう、明日が本番だ。


ついに月曜日。花火大会の当日。

朝食もそこそこに、葉月の家で集合すべく食卓から立つと、

「花火は人出が多い。充分に気をつけるんだぞ」

出勤間際のお父さんが、気づかわしげに声をかけてくれた。

「ありがとう」

「……父さんは、娘が動画配信者なんてしているのは、やはり抵抗がある」

少し前の私なら、大きなストレスと反発を抱いたかもしれないが、今なら軽く受け流せる。全肯定されなくとも、禁じられているわけではないのだから。

コーヒーを飲み干したお父さんは、この酷暑にもかかわらずけっして着崩さないスーツ姿でカバンを手に取り、颯爽《さっそう》と出勤態勢へ。

「だが、娘が本当に困ったら、親としては何もためらわない」

とても不器用な手つきで、私の頭をなでてくれた。ああ、前髪が崩れる。

（正直、お父さんにしてもらえることなんて、本当に何もないけど、その気持ちだけで素直に嬉しいかも）

すでに、たくさんの大人に頼っている。

自分たちの力だけではどうにもならないと判断した事柄に関しては、誠意をもって頭を下げることにしている。大切なのは、MV企画を実現させることだから。

葉月が、仲の悪かったはずのお姉さんにそうしたように。

玄関から出ていったお父さんは、家の隣の駐車場でエンジンをかけて、やがて静かにアクセルをふかし、去っていった。

「じゃ、私もいってきます」

食卓の上の食器が、白く輝いている。サラダもご飯も味噌汁も目玉焼きも、ぜんぶかけらも残さず空っぽになっている。

「水分と栄養補給だけは、しっかりね」

お母さんは笑顔で送り出してくれた。


午後五時。

車が通行止めになった土手の上の道路には、賑やかに屋台がひしめいている。

今日はこれまで、葉月の家でリハーサルを行い、メイクと着付けを含む身支度をし、手伝ってくれる上田サイファーのみなさんと最終確認をした。

まだまだ明るい空の下で、上田市民や観光客が、炎天下にもかかわらず楽しそうに過ごしている。そんな中、緊張を高めた私たちが、

「いざ、ここから私たち『晴れ娘』が本格的に活動を始める。勝負の始まりだね」

真夏のきらめきを放つ千曲川を眺めながら、三人で歩き出した。

足許はスニーカー。下駄だとダンスに支障をきたすから、ちょっと変でも実利を取ることにした。

睦月姉さんがメインカメラを担当し、上田サイファーのお兄さんたち二人が、機材を背負ってくれている。

まずは花火の前のお祭り会場で、屋台を練り歩く企画動画の撮影をするのだ。

「弥生ちゃん、姿勢をなるべくピンと張って歩いて。じゃないと着崩れちゃいます」

樹音のアドバイスはありがたいけれど、それがなかなか難しい。おしゃれって、ものすごい努力が必要なんだと痛感する。

この猛暑の中では、どうしたって背筋がしおれるのに、樹音はモデルのように堂々としていて、葉月はその元気さで暑さを跳ね返している。どちらも化け物だ。

屋台が並んでいるエリアは、平日だから私みたいな学生ばかりだと思いきや、大人

もそこそこ多い。花火大会の日は特別ってやつか。

「映りこんじゃう人のモザイク処理、あとで大変になりそうだね」

編集には、いつもの倍くらい手間がかかるだろうし、プライバシー上、もれがないかチェックを厳重にしないといけない。

そんな人の群れに、ふと樹音は顔をくもらせ、

「今日のロケ、何事もなく済んでほしいです。でも、いくらわたし本人が言っても、信じてくれない人たちがいる……」

昨日も、不穏な書きこみを目にした。「ジュンジュンを取り戻せ」と。

そんな樹音の不安を払拭するかのように、葉月は能天気な声で、

「来たら来たで、あたしら三人が逆に楽しませてやるさ」

額の汗を拭いつつ苦笑する。浴衣の袖をヘアピンで留めて腕まくりし、少しでも動きやすいスタイルにするのが葉月らしい。

袂《たもと》へしまいこんでおいたヘアバンドとウレタンマスクを装着し、三人それぞれに撮影モードへ気持ちを切り替える。さすがの酷暑でも、心の背筋が伸びる。

「せーの……」

千曲川の流れを背景に、いざ、三人の声を合わせた。

「ぶっさせ、上田産まれの晴れ娘！」

それぞれに名乗りの挨拶を済ませ、陽気に決める。

「しばらく忙しくて抜けてた私、弥七ですが、昨日アップした挨拶動画を経て、今回からいよいよ三人そろった晴れ娘の、再始動となります！」

「その記念すべき企画の第一弾は、こちら！」

葉月があとをついで、立ち並ぶ屋台へ腕をかざすと、

「花火大会です！　屋台へ突入して、復活した弥七ちゃんの大喰いっぷりを、撮れ高にしてこうかと思ってます！」

「でも、単に屋台で食べ歩きするだけじゃあ、『晴れ娘』じゃないよね？」

「さすが、はづ吉。わかってるね、ふふふ」

荷物係のお兄さんから、どんぶりとサイコロを受け取り、カメラによく映るよう、見せびらかす。

「題して、漢気《おとこぎ》屋台！」

「弥七ちゃん、うちら女子だよ」

「んじゃあ、男前っぽい語呂で、女前《おんなまえ》屋台！」

「それでは、わたしがルールを説明します。各自サイコロを振って、一番大きな数を出した人が一番多く食べます。その食べっぷりで、女前を発揮してもらいます」

樹音の締めで再び歩き出すと、葉月が自撮り棒を持つ角度を巧みに調整する。三人

を画面に入れつつ、すれ違う人たちをあまり映さない、下から見上げる画角だ。

大して広くない二車線道路に立ち並ぶ屋台は、お好み焼きやたこ焼き、焼きそばなどの定番ものから、からあげ、合鴨《あいがも》串焼き、信州フルーツパフェまでさまざまだ。アイスティーやオニオングラタンスープなどの、オシャレなキッチンカーも出ている。

「じゃあ、まずはたこ焼き。六個入りだから、三個、二個、一個で分けて、女前サイコロで勝負！」

葉月がたこ焼きを持ち、私がどんぶりを持つ。

「せーの、女前！」

三人一斉にサイコロを放ると、どんぶりの中で三つのサイコロがぶつかり合う。赤いのが樹音、黄色いのが葉月、青いのが私だ。

「まじかー！　あたしの出目、六じゃん」

「ああ、わたしは五ですか……」

「私は四。ふう、危ないところだった」

三人の中で、私が一番よく食べるのは自覚しているけれど、正直言って、浴衣姿で大食いなんかしたくない。なにしろお腹が帯できゅっと締め付けられているから。

「これ、勝つべき人が間違ってるよね」

「はづ吉、なに謙遜してるん。勝者は三個も食べられるんだし、すごく栄誉だよね」

「はづ吉さん、さすが女前です」

この中で、見た目によらず一番の少食の葉月に、初戦でたこ焼き三つはつらい。

「よし、今度は合鴨串焼きね。勝者は三串、二位は二串。ビリはたったの一串」

リベンジに燃える初代勝者の葉月が、むちゃぶりを仕掛けてきた。さすがに肉の串三本はきつい。そんな私の心配をよそに、葉月が掛け声をかける。

「女前サイコロ、せーので、ほい！」

どんぶりの中で、チャリンチャリンと高い音が鳴る。

けれど、一つだけ様子の違うサイコロがある。

「あたしは二だね。残念だなあ、ビリかあ」

「待って、それってサイコロ？」

赤いサイコロは、立方体ではなく三角錐《さんかくすい》に変わっていた。つまり六面体ではなく四面体で、角がひとつ足りないピラミッドみたいな形だ。よく観察すると、一から四までの数字しか刻まれていない。

「わたし、五で勝者になっちゃいました……こんなに食べられないです」

樹音が情けない声で、今にも泣きそうだ。

「卑怯だよ、はづ吉。そんなのサイコロじゃないじゃん」

「それが、サイコロなんだよねえ。四面ダイスっていうんだ。アナログなゲームとかでよく使われるやつ。ほら、勝者の貫禄《かんろく》ってやつで、自主的ハンデを設けたんだ」

意気揚々と、一串だけを取る葉月。その余裕の笑みが憎らしい。

かつて足湯の企画では、ごっつい高性能水鉄砲を持ちこんでいた。勝負ともなれば、人の意表をつく卑怯な手段もいとわない。面白いじゃないの、葉月。

「しょうがないなあ。はい、じゅ太郎には、これをあげるね」

「はづ吉さん、わたしにもそういうサイコロをください。とても、つらいです」

浴衣の袖をごそごそさぐって葉月は菱形《ひしがた》の何かを手渡し、代わりに赤い六面体サイコロを回収した。

「やった、ありがとうございま……ええ、このサイコロって……」

途惑う樹音をスルーして、葉月が音頭を取る。

「じゃあいくね。次はからあげ。勝者は三個。女前サイコロ、せーので、ほい！」

どんぶりが鳴って、出目が確定する。

「わたし……九って出てるんですけど……」

「そりゃあ十面体ダイスだしね。あたしは一かあ、いやあ残念」

「私は普通に四」

この世の終わりを迎えたかのような樹音へ、無慈悲にからあげが手渡される。

「うう、さすがに三つは、き、きつかったです……助けてください」

哀願する樹音の様子に、私も憐憫《れんびん》を抱く。が、

「これは女前を賭けた、真剣勝負なんだ。たとえはづ吉が卑怯な手を使おうとも、私は正々堂々と勝負する。この六面体サイコロで！」

カメラへ向けて、サイコロを突き出したところで、不意に奪われた。代わって別の何かが私の指に押しこめられる。

「その意気やよし。もともと胃袋が女前すぎる弥七に有利な企画だったしさ、それに見合ったサイコロに差し替えてあげたよ」

葉月によってすり替えられたサイコロは、ほとんど球体に近い。

「え、なにこれ。1、2、3……20……こんなの、あり!?」

「ありあり。世の中には百面体ダイスまであるし、二十面なんてちょろいもんだよ」

葉月の笑顔が、どす黒い。

自らヒール役を買ってでも、企画を盛り上げようとしている。そんな葉月こそ、その意気や、よし。

「わかった。私はこの二十面サイコロで、勝負を受けて立つよ」

私の脳内では、緊迫感を醸す擬音が鳴り響いている。ゴゴゴゴ……と。

そんな空気を、一気にゆるくする悲鳴があがる。

「どど、どうしましょう。よく見たら、さっきの串でタレが胸に……！」

実は私も葉月も、樹音の浴衣に、茶色い液体が垂れる瞬間を目撃していた。けどさすが樹音だ。気づくのが遅い。

「まかせて」

慌てず騒がず、葉月が袂からウェットティッシュを取り出す。待って葉月、そこにいったいどれだけのアイテムを忍ばせてるの？　あと相変わらずの女子力だよね。

コツがあるのか、茶色いシミは見事なまでに目立たなくなった。そんな葉月は、世話焼き女子の顔から、さっと悪役の笑みを復活させ、

「いくよ、次はこの、大盛り焼きそばと普通盛り焼きそば、小盛り焼きそばで。いざ女前サイコロ、せーので、ほい！」

一斉に、どんぶりの中で赤、青、黄色のサイコロが舞い、絡まる。

その結果は……。

「まじか。あたしの、四じゃん！」

「わたしは一です。とても残念です、うふふ」

「私も一かあ。こんなに有利なサイコロなのに、女前じゃない私でごめんね」

まるで天罰のごとき結果に、葉月はうっすらと涙を浮かべている。

スマホを手にしていた樹音が、うきうきと、

「今の勝負を、晴れ娘のＣｈｉｋＴａｃｋにアップしときました。あとでＷｅＣｏｏ

lの本チャンネルのショートにも上げておきますね」

ＣｈｉｋＴａｃｋは編集なしで即座に公開できるのが利点だ。しかも映りの盛りっぷりが自然で、美肌効果が抜群だし。

こんな寸劇みたいな出来事も、睦月姉さんのカメラが本編動画用に撮ってくれる。

勝負は、まだまだつづく。誰かの胃が破裂するまでは。


「あのう……ジュンジュンさん、ですよね？」

遠慮がちな女子が一人、おずおずと声をかけてきた。よほど勇気を振りしぼったのだろう、声も脚も震えている。こちらが何かを言う前に、

「お願いですジュンジュンさん、戻ってきてください！」

全身の毛穴が、一斉に開く。来るべきものが来た。三人で視線を交わす。

「わたしは『晴れ娘』のじゅ太郎です。他に個人動画も持っていますが、そちらは一旦休止しています。よかったら『晴れ娘』も応援してください」

よほど考えぬいた上で、事前に用意していた回答なのだろう。樹音はファンの願いを受け止めつつも、今の自分がやりたいことを、やんわり訴えている。じゅ太郎と名乗りつつも、その顔つきは隙のないジュンジュンモードだ。胸に、うっすらタレの跡がなければ、もっと完璧だっただろう。

「でも、あの……」

ファンの女子はちらちらと葉月を気にしている。すると樹音は、さらりと自らマスクを取って、素顔をさらした。相手は息を呑み、いっそうどぎまぎする。

「もしかして『晴れ娘』は、あなたの好みとは合わないかもしれません。でもわたしは、今のこの活動をとても楽しんでいるんです。だって一人じゃなく、信頼しあえる親友と三人で集まれたんですから。応援してとまでは言えませんが、どうかわたしの気持ちも尊重してくださると嬉しいです」

インフルエンサーとしての、威厳とオーラに満ちた笑顔だった。

いじめの黒い噂とはほど遠い、真に仲のよい私たちの姿に、いくらかは説得力があったのだろうか。その女子は小さく「はい……」とうなだれ、赤面し、慌ただしく走り去った。

その背を見送りながら、樹音は再び雁金マスクを装着し、

「弥生《やよい》ちゃんは『ファンの気持ちも大切に』と教えてくれました。たしかにそのとおりです。でも、さらに大切なものもあると、改めて考えるようになったんです」

まっすぐ私へ向きなおり、

「自分が本当にやりたいことには、嘘はつけないんだ、ってことをです」

その眼差しが清々しく、かつまぶしい。

親に禁止されても「晴れ娘」を諦めきれなかった私にとって、その言葉は重い。

「その意気や、よし！」

私が拳を天空へ突きあげると、樹音も葉月も同様に突きつけた。

「チッ、腹が立つほど青春だねえ」

睦月姉さんはカメラを構えたまま、舌打ちまじりに苦笑している。

「はづぴ！」

「あ、やっぱり葉月だ。話題になってるから、助太刀《すけだち》に来たよ」

またの来訪者に、心臓がとくんと跳ねたが、

「ありゃあ、見つかっちゃったか。かなっち、ゆっきー、さわぴ、おひさ！」

葉月の、中学時代の友達だった。四月の桜まつりでも遭遇した三人組だ。

「びっくりしたよ葉月。あのジュンジュンと一緒に動画をやってるなんて。しかも、いじめ疑惑のおまけつきとか、笑えるし」

普通なら本人には言いづらいことを、ずけずけと……でも葉月はへこむ様子もなく、からっと明るく、

「いやー、まいったよ。でも大丈夫。実際のあたしらは、マブダチだからさ」

「は、はじめまして、じゅ太郎と申します」

「わあ、本物がいるよ！」

「マスク越しでもわかるよ、そのオーラ！」

えらい騒ぎだ。

「あんな炎上になってるからさ、葉月の応援に来たんだよ」

「加藤さんも呼んだけど、まだ来てないね。あ、葉月は面識なかったっけ。同じ中学の子。ジュンジュンとは小さい頃に同じダンス教室にいたって自慢してた子なんだ」

「ほら、葉月や石動《いするぎ》さんと同じく、上田総合高校に行ったって子だよ」

これは、ものすごい爆弾発言だ。私たち三人の間に、電撃が走った。

短期間ながら、樹音と同じダンス教室にいた人。

私の小学校とは違うけど、上田から通っていた人。

しかも中学が同じという話だから、葉月のことも知っていた。

そしてとどめに、私たちと高校が同じ。

「加藤……さん。そっか、加藤さんだったんだ……小さい頃に出会ってたんだね……その頃の顔も名前も、ぜんぜん憶えてなかったけど」

それは、樹音の取り巻きだった一人だ。六月、屋上階段で樹音の「晴れ娘加入」をお願いされたとき、それを立ち聞きしていたのが、きっと加藤さん。私が走って逃げようとした際、その背中にぶつかりかけた相手。

さらに記憶がよみがえる。校内でいじめ疑惑の噂が拡がったとき、葉月を複数人で

取り囲んでいたうちの一人が、

（そういえば、加藤さんと呼ばれていた）

あのとき、責め立てられていた葉月を救うため、その手を取って走り出した。その際ぶつかって、背後から「加藤さんに謝れ」と怒鳴られたっけ。

「加藤さんってさ、昔からジュンジュンのこと崇拝しすぎてたし、学校でうざ絡みしてないか心配だよねー」

「あ、いえ、加藤さんは逆に、わたしにはあまり話しかけてこないというか、近くにいても、畏れ多いと言って、一定の距離を保っているというか……」

「きゃー、またジュンジュンに声をかけてもらえた！」

大騒ぎする三人組をよそに、私は思考を重ねる。

崇拝。自分からは近寄りすぎない一定の距離。そうした人の情念は、たぶん深い。崇めたい本人を前にして、かつて接点があったことを明かさないほどに。

なおかつ、自分以外の誰かが崇拝対象へ近寄ることを、けっして許さない……。

葉月応援団として駆けつけてくれた、中学時代のみんなから遠巻きに見守られつつ、屋台をめぐる本編動画の撮影をつづける。

西の空はすっかり黄金色で、太郎山の上には雲が煌めいている。

六時半を過ぎた。

あともう少しで花火大会が始まる。

MV撮影をするなら、この土手の一部を借りて実行するつもりだ。ちょうど屋台の灯りが、そのまま自分たち用の照明になる算段だ。

「そろそろ、この撮影も締めに入らないとね」

提案した、そのとき。

「ジュンジュンを、返せ！」

「私たちが味方だ！」

十人近くもいただろうか。殺気立った一団が、かたまりになって迫ってきた。

それほど広くはない土手の上が、一気に揉み合いの大混雑となる。

みな一様に、正義感の炎に狂いながら、樹音へ手を伸ばす。

「下がってな、ここは俺たちにまかせ……おわっ」

上田サイファーのお兄さん二人が、とっさに盾になってくれたものの、これだけの大人数で押し寄せられたら、その質量は相当なものだ。

さらに背後から応援団三人組らが、私たちを守ろうと参戦する。

「あんたら、なに撮影の邪魔をしてんのよ、ちょっと離れなってば！」

もう、めちゃくちゃだ。

周囲で悲鳴があがる。屋台の中ではお店の人たちが身構える。火を扱っている屋台は、特に。下手すると大きな事故になりかねない。

「おいやめろ、押すなっつーてんだろ、クソが！」

サイファー兄さんの一人が乱暴に怒鳴ると、

「やばいぞこいつ、腕にタトゥーなんか入れてるぞ」

「ジュンジュンって、そんな怪しい連中に拉致されてるんだ！」

場は、ヒートアップする一方だ。

私たち三人は、すっかり分厚い人垣の中に閉じ込められている。こうなれば、さっきみたいに樹音が相手を説き伏せるどころではない。

もうダメだ、すべてを諦めて撤退するしか――。

「はい、そこ。危ないですよー。群がらないでくださーい」

メガホンの声に、皆の勢いが徐々に削がれた。

大会の関係者さんだろうか、きっちりしたスーツ姿に腕章をつけた若い男性が、土手の芝生を踏みしめて上ってくるところだった。

「はいはい、散ってくださーい。さもないと、退場をお願いすることになります」

メガホン男性の後ろには、複数の警備員さんが付き従っている。

昂奮状態にあったファンの人たちは、一人、また一人と我に返って逃げていってく

れた。それでもしつこく居残ろうとする人には、警備員さんが、

「君、ちょっとそこの運営本部まで来てくれる?」

と声をかけると、さすがに我が身のかわいさを思い出したのか、狂おしさは一瞬で蒸発し、背を見せて消えてくれた。

葉月サポーターのみんなも安堵して、それぞれに散ってゆく。

「いや、ご協力ありがとうございます」

メガホンを下ろした男性が、警備員さんへお礼を述べた。

こんな騒ぎになったのは、私たちに原因がある。

「あの、ごめんなさい、こんな危ないことになったのは、私たちが……」

「上田産まれの晴れ娘さん、ですね?」

スーツ姿の男性は、改めて私たちへ一礼した。

ああ、私たちが何者であるかも、バレているのか……。

「先ほどは失礼しました。私、県民局・観光推進課の射水《いみず》と申します」

と、いきなり名刺を差し出した。わけもわからず受け取ると、

「簡単に言うと、県庁の支所みたいなもんです。SNSで観光広報をしている『うぇるかむ信州太郎』というアカウントで、中の人を担当しています。時間がないので手短にお伝えしますが、私からのDMはご覧いただけましたか?」

何の話なんだろうか。

「ああ、その様子だと、やっぱり見てもらえてなかったかあ」

「すみません、今日はノーチェックでした」

口ごもる。忙しいせいもあったが、今日という大切な日に誹謗中傷の類《たぐい》を目にしたくなくて、ＳＮＳそのものを見ていなかった。

「ですよねえ、こちらこそ急ですみません。後日改めて、とは思ったんですが、うちの課長がどういうわけだかせっつきまして、こうして直接お会いしにきました」

課長という言葉に、妙なひっかかりをおぼえる。

「うちの観光推進課は、地元アピールをしてくれている方々と広報の面で提携することがよくあるんですが、僕はずっと『晴れ娘』さんに目をつけていたんですよ。満を持して三週間前に企画書を提出したものの、うちの課長は頭が固くて、動画配信者に偏見を持っているようで、どんなに口説いても却下されてたんですよ」

最初の硬い挨拶から、徐々に口調がくだけてきて、しまいには愚痴になっている。

「それが今朝になって、どういう心境の変化なのか、いきなり承認してくれた上に、一刻も早く接触しろと厳命されましてね。いやあ、会えてよかったです」

私のお父さんも、県庁で課長をしていると聞く。どこの課なのかまでは知らない。親の職業に、そこまで関心を払ったことなんてなかったから。

三週間前といえば、なぜかお父さんが『晴れ娘』の存在を知った時期と一致する。

「その課長が言うにはですね、県庁の仕事であるからには、提携相手はクリーンであることが求められる、だから炎上騒ぎがあるなら、事実関係を確認してこい、と言うんですよ。そしたら、さっきの騒ぎで……」

「すみません。でもそれは、誤解が独り歩きしているだけでして……」

「ああ、君がリーダーの弥七さんですね。炎上の内容は把握していますよ。そこのはづ吉さんが、じゅ太郎さんを無理に付き合わせているという噂」

「わ、わたしと葉月さんは、親友です！」

樹音が必死の形相で、葉月へ抱きついた。

「そのようですね。これで誹謗中傷の類と判断できました。とはいえ炎上は困るので、うちとしては法的措置のサポートもご案内できます。ご安心ください」

これは、ピンチから一転、どえらい味方が現れてくれた。

——娘が本当に困ったら、親としては何もためらわない。

今朝、渋い顔でお父さんはそんなことを言ってたっけな。

(お父さん、これって職権濫用ってやつなんじゃないかな)

いや、そもそも『晴れ娘』の存在を課長さんとやらに教えてしまったのは、この射水さんなのだ。だからあくまで、これは観光推進課の業務の一環なのだ。

「晴れ娘さんさえよければ、後日、改めて書面でやりとりを交わすとして……」

そのとき、大気が轟《とどろ》いた。

「ああ、始まっちゃいましたね、花火」

黄昏が遠ざかる藍色の空に、大輪の花火が咲きほこったのだ。


花火大会は、八時半まで。

総数、八千発。

一時間半は、長いようで短い。特に、あれこれ神経を使わなければいけない動画撮影においては。葉月が不安げに、

「どうする、弥生。本当ならこの場ですぐＭＶを撮りたいけど……」

本来ならば、上田サイファーのお兄さん二人に撮影ポイントを確保してもらうつもりだった。けれど先ほどからの騒ぎのせいで、そんな場合じゃなくなり、今やどこもかしこも見物客が土手沿いにずらりと並んでいる。

それ以上の懸念点は、

「もしこの場所で撮影を始めたら……」

「さっきみたいな人たちがまた集まってきて、何か妨害をしてくるかもしれません」

樹音が、悔しそうにうつむく。自分の狂信的なファンが、『晴れ娘』よりも『ジュ

ンジュン』を熱望するあまり暴走し、この企画を台無しにしようと人混みの中でうごめいている。妨害は、ただカメラの前でうろちょろするだけでも成立する。

「わかっているだろうけど、これは樹音の責任じゃない」

「そうそう。もし樹音さんが責められるなら、かつて過ちを犯したあたしのほうこそ責められないといけない。でも、焦点はそっちじゃない。暴力的に、自分たちの勝手な思いを強行する連中が悪い」

葉月の表情は、硬くて真剣だ。かと思うと一転しておちゃらけ、

「まあ、ほら、ものすごい数のファンを獲得したら、こういう輩も出ちゃうってことを予行練習できたようなもんじゃん。うちら、いつかは百万人突破するんだしさ」

そう言われて、樹音の頬がふっとやわらいだ。

花火は、どんどん打ち上がってゆく。

(ここ以外の場所とすると……)

あらかじめ、それは考慮してあった。だけど、いざ実地を踏んでみると、どれも現実的ではない気がしてきている。葉月も樹音も必死に考えてくれつつ、

「橋の上は、遠いし厳しいよね……」

「じゃあ、ショッピングモールの屋上は、どうです?」

ここから歩いて十数分のところにある高台だ。巨大モールの屋上なら、絶好の立地

ではある。しかも背丈ほどの高い白壁のおかげで、余計な景色が映らない。けれど……。

「あそこは、私有地だよね。だとしたら許可が必要。私たち『晴れ娘』は、これからの活動を考えるなら、きちんと筋を通すようにしないといけない……」

「あの、諏訪形《すわがた》公園は、どうですか？」

樹音が指差すのは、千曲川の向こう岸にある河川敷グラウンドだ。そこにも人が群がっているが、敷地が広い分だけ場所確保の余地はありそうだ。

「……遠すぎるかも。橋を渡って、ぐるっと迂回《うかい》しないといけないし」

「それに画角も厳しいね。打ち上げ地点に近すぎるから、かなり仰いだ角度でカメラを設置しないといけないや。樹音さんは背が高いから、頭が見切れるよ、きっと」

「わたしだけ……うう」

考えあぐねている間にも、花火は次々と盛大に打ち上がってゆく。

私、葉月、樹音。そして睦月姉さんと上田サイファーのお兄さんたちが、夜空を華麗に彩る花火を、むなしく見上げる。

「……いや、ある。あそこなら、誰の邪魔も受けない」

私の指が、とある一点を差した。河川敷の特別エリアだ。

「いや、待って弥生。あそこはスポンサー席だよ。関係者以外、立入禁止だよ」

「わたしたちは、迷惑系になっちゃいけないって誓ったじゃないですか」

「だったら、今からその関係者ってやつに、なってやればいいんだ」

困惑する二人へ、強がりの笑みを向け、射水さんへ近づいた。

「すみません、お願いがあります」


「これはあくまで業務なので」

そう押し切るかたちで、射水さんは電話の向こうの上司を説き伏せてくれた。

——上田市の観光PR動画を撮影する。

つまり、晴れ娘のMVに「協賛・長野県観光推進課」というテロップを入れることに決めただけの話だが。

「気難しい課長が、案外と、あっさり了承してくれた……いつもこうだと楽なのに」

射水さんの驚きに、こちらとしては愛想笑いを浮かべるしかない。

運営本部のテント小屋へ連れていかれ、大人のみなさんとやりとりをしている間にも、花火は進行してゆく。

「あ、来ました、うちの課長が。渋りながらも運営に話を通してくれた人です」

スポンサー席のほうから二人の人影が近づいてくる。ザ・公務員といった雰囲気のおじさんと、恰幅《かっぷく》のよいラフな格好のおじいさんと。

「どうも、観光推進課の課長職をしている、……と申します」

名前のところだけモゴモゴとごまかして、その課長さんは私にだけ、さっと名刺を渡してさっさと後ろへさがり、無愛想におじいさんのほうを紹介する。

「こちらの上田市蕎麦処協会の会長さんが、口利きをしてくれました。お礼を述べておいてください」

そのおじいさんは、蕎麦成分のルチンのおかげか、とても血行がよさげな顔色だ。

その蕎麦会長さんが、

「やあ、よく来てくれたねえ。君たちのことはよく見てるよ。なにしろあちこちの蕎麦屋で、実に美味しそうに食べてくれているからね。昨日の家での大盛り蕎麦も、喰いっぷりが見事で気持ちよかったよ、はっは」

地元の蕎麦を食べまくっていて、本当によかった。会長さんからの好感度が、初手からマックスだ。

「なので俺のほうで判断して、蕎麦処協会が提供するプログラムの間ならオッケーってことで、運営さんに掛け合ったんだよ。ただ、ちょっと条件があるんだがね」

手渡されたチラシを見ると、蕎麦協会さんは単独スポンサーとして、まるまる一つの枠を占有しているじゃないか。他企業や団体との共同ではなく、単独枠だからこそ、話がすんなり通ったのだろう。

「しかしまあ、四角四面の石動《いするぎ》ちゃんが動画との提携とは、進化したものだね」

いきなり苗字が出てきて、ぎょっとする。葉月と樹音は「なぜ弥生の名前が？」と言いたそうに驚いているし、名前を呼ばれた張本人の課長さんは、しらばっくれるようにスルーを決めこんでいる。

どうせ私たちが父娘という事実は、次第に知れ渡るんだろうから、無駄な抵抗だとは思うんだけど。書面をやりとりするなら、本名を記載することになるだろうし。

「それより会長さん、その条件というのは？」

居心地の悪そうなお父さんのために、話題を元に戻してあげると、

「なあに難しいことじゃないよ。うちの協会の枠のタイミングで、その『えむぶい』とやらを撮影してくれればいいんだ。協賛・上田市蕎麦処協会って字幕も頼むよ」

「蕎麦協会さんの枠は、あとどのくらいで始まりますか？」

それによって、準備に割ける時間が決まってくる。花火は容赦なく打ち上がりつづけ、耳を轟かせている。

「そうさねえ……今は信州企業連合さんたちの番だから、次だね。あと五分ないくらいだよ。ささ、急いで急いで」

刹那、全身の血流が加速した。

「時間がやばい！　サイファーさんたち、ライトのセッティング準備をお願いします、

お姉さんはカメラの設置、私たちはスタンバイして立ち位置の確認！　会長さん、場所の指定をお願いします！」

「おおお、元気がいいねえ。じゃあ、あそこでお願いね」

会長さんが指で差したのは、誰もいない開けた場所だった。千曲川を背に、スポンサー席を正面に、なおかつ頭上に花火を背負えるという絶好のロケーションだ。

「弥生ちゃん、待ってください。わたし、あんな大勢の前で踊るなんて……ちょ、葉月さん、引っ張らないで！」

何かメッセージを打ちこんでいた樹音は、スマホを慌てて帯へ押しこむ。

「ごめん、ためらってる場合じゃないみたい。四十二万登録者の樹音さんなら、あの程度の観客なんて屁でもないよ！」

「いつも画面越しだから大丈夫なんです、こんなにギャラリーが多いと緊張します！」

取り乱す樹音の手を引いて、葉月は走ってゆく。先に被写体が立ってみせないと、カメラもライトも位置決めできない。

会長さんへ慌ただしくぺこりとお辞儀し、私も走った。

「実質、一発撮りじゃん。リハーサルの時間さえないなんて」

一つの枠で、だいたい五分かそこら。あと数分ですべてが完了する。土曜日から今日まで三日間じっくり準備をしてきたのに、終わるときはあっけない。

思い返せば、動画を始めてからの四か月間、幸運なこともあれば、絶望的な逆境もあった。それらぜんぶを経て、今に至る。どの要素が欠けても、この場所へ結実することなんてなかった気がする。

蕎麦会長さんとの面識でさえ、土手での妨害がなければ実現しなかった。

だから、

「時間の制約があるなら、許されたその一発で決めてやる」

いざ、指定位置に立ってみると、

「うわあ……ちょっとした野外ライブだわ、これ」

内気な樹音がたじろぐのも無理はない。私も肝が縮む。

スポンサー席は、まさしく観客そのもの。花火に照らされて、何百人もの顔が並んでいる。そのどれもが怪訝な色を浮かべていないのは、話が行き渡っている証拠かもしれない。

そのとき、会場の音楽が変わった。

「やばいよ姉ちゃん、もう蕎麦協会の花火が始まっちゃう！」

「うっさい妹だなあ、下がふかふかの地面だから、三脚が固定しづらいんだよ！」

姉妹喧嘩をよそに、サイファーのお兄さんたち二人は黙々とリングライトを設置している。ポータブルの折りたたみ式で、バッテリーで光るのだ。

その間、私は少しでも振り付けの確認に集中。歌は別録りだから口パクでごまかしも利くけれど、ダンスが崩れたら、持ちなおす技術もセンスもない。

そんな私の必死な腕を、樹音が止めた。

「弥生ちゃん、振り付けは間違ってもいいんだよ。それより笑顔を大事にね」

極度の緊張はどこへやら、そこにあるのはインフルエンサーの貫禄を宿した樹音の微笑みだった。さすが、本番に強い。

睦月姉さんたち上田サイファーのメンバーは、喧嘩腰で作業を進めてくれている。

「ライトの設置、オッケー！」

「映像は複数あったほうがいい。俺たちもスマホで撮っておくぞ！」

「待って、あのオヤジが何か叫んでるぞ……まずい、終わるまで、残りあと一分！」

会長さんのジェスチャーで、その意図を察した睦月姉さんが、殺気を放つ。

「まだ画角が少し斜めだが、もうこれでいい。録画、スタートだ。葉月、弥生ちゃん、樹音ちゃん、いくぞ、曲を流すからな！」

さあ、いよいよだ。

全身を強烈に打つ破裂音の下、三人同時にワイヤレス・イヤホンを装着した。

これで「青空しゅわっとロケット」を聴くと同時に、会場のＢＧＭをキャンセルできる。つまり、外部の音にまどわされずダンスができる。

睦月姉さんがスマホを片手に、

「3、2、1……はい！」

曲を再生した。

三人で仮歌を吹き込んだ、軽快でPOPな音が耳を満たす。

夏の大空へ、炭酸水を勢いよく噴出して飛ぶロケットのことを歌った、爽やかな曲だ。

始まる！

上手くやろうとするな。

動画配信者は、それが下手でも上手でも、楽しければそれが正義なのだから。

——あのでっかい大空に向け　しゅわっと飛ばせ炭酸ロケット
——青空にえがく　白い泡の軌跡　僕たちの想い　ぜんぶを乗せて
心臓の音を聞いている暇も、緊張している余裕すらもなかった。

スポンサー席を背景に、睦月姉さんが仁王立ちして、リズミカルに手を叩いてくれている。

（ワン、トゥー、スリー、フォー、ファー、シッ、セブン、エイッ……）

曲を聴くだけで8カウントを拾うのは、素人の私には難しい。拍手で視覚的にカウントを刻んでいてくれるのが、たまらなくありがたい。

何度か、ミスした。

それでも、このダンスを楽しんでさえいれば、笑顔なんて自然についてくる。

この三人で踊れているだけで、すでに楽しいのだ。

時おり、互いに目が合う。葉月も樹音も「楽しいね」と全身で語っている。

やがて、後奏。曲の終焉に向かって、葉月のラップ弾幕を見事に展開。

――信じてたい未来かましたるぜ気合い、笑顔しか勝たんしやり通すぜ異端児、バカにされたってやりきればハイタッチ、仲間がいれば、オールオッケー！

――多少のすれ違い気にするなって、後生だうちらの楽しさを見てなって、出会いも別れも必然だって、期待を背に受け何度でもリスタート！

――そんなあたしら、上田産まれの晴れ娘、これだけ言わせてよ、最高の言葉！

最後に、曲が余韻を残す中、三人そろって叫ぶ。

「みんな、大、好き！」

――やりきった！

荒い呼吸さえもが、気持ちいい。

と同時に、背後から猛烈な連続破裂音が全身を打った。

絶妙な、実に絶妙なタイミングで、この枠で最後の大連発スターマインが炸裂《さくれつ》してくれたのだ。

スポンサー席から、大拍手が沸き起こる。

そんなみなさんに交じって拍手するお父さんは、石動課長というより、娘の活躍を自慢したがっている親の顔になっている。そんな気がした。


いつまでもその場に留まっているわけにはいかないので、すぐさま撤収。

大人のみなさんが待つ本部テントへ戻っていると、

「ジュンジュンさん、お見事です！」

「生でダンスを見られるなんて……！」

関係者エリアにもかかわらず、樹音の取り巻き女子たちが近寄ってきた。その中央に、顔面を涙であふれさせた子がいる。

「頼まれたとおり、加藤さんを確保してきました」

さっき、樹音がスマホで何かやりとりをしていたが、このことだったのか。

「加藤さんには悪いけど、いつもジュンジュンとしてのわたしを慕ってくれていたみんなに連絡して、見つけてもらったんです」

両脇からガッチリ固められている加藤さんへ、樹音は近づく。

「……加藤さんの気持ち、わたしには、痛いほどわかります」

言葉を選ぶようにして、樹音は、

「わたしは、憧れの人には憧れた姿でいてほしいと、ずっと願ってきましたから。その点、わたしは幸運でした。だって、その人はわたしが憧れた姿を実現してみせたのですから」

連発花火が、彼女らの姿を闇に浮かび上がらせる。そのたびに、加藤さんからこぼれ落ちた涙も光る。

「加藤さんに、あんなことをさせることになって、ごめんなさい。でも……もう二度とわたしの親友を傷つけないで。お願い」

加藤さんは答えない。

そこだけ、時間が取り残されたような空間になっている。

ただ、終始ずっと無言を貫いて泣きつづける加藤さんが、華やかな光に照らされている光景は、どこか無慈悲にも感じられた。

ＭＶ計画の本番一発目としてショートに上げた動画は、一万の視聴数を記録した。登録者も一気に増えて、合計で五千人だ。

これを皮切りに「晴れ娘」はますます活発にＭＶ制作を進めてゆく。

夏休み、真っ盛り。

平日であろうと、学校に時間を取られる心配がない。

いろんな場所で、合計十か所にもおよぶ撮影を敢行していった。
その中には、かつて小学生の葉月が気に入ってくれた、水中ダンスも含まれている。
それらはパートごとにショートで紹介していったが、いざ、MV本編を公開したら、十万もの視聴数を稼いでくれた。
完全バージョンでは、曲が終わった直後の大連発花火も収録した。
あまりのとどろきっぷりに、最後のポーズを決めていたはずの三人が、そろいもそろって驚いて、つい背後を見上げたシーンだ。
ちょっと間抜けだけど、味わいがあって、よい仕上がりになったと思う。
制作過程から本編にいたるまで、夏を駆け抜けた頃には、登録者数は一万五千人を超えてくれた。
——この三人って仲がいいよね、そこが魅力かも
——いいぞお嬢ちゃんたち、信州の蕎麦をどんどん紹介していってくれ！
——ダンスが上手すぎて、正体がジュンジュンだって噂に信憑性《しんぴょうせい》を感じる
——この中で一番地味そうなセンターの子、妙に味わいあるよな
——一番大雑把そうな右の子が、実はすごい気づかいさんてのが伝わる
炎上騒ぎはすっかり遠のき、川の砂のように、どこかへ押し流されていった。

年末。

TGF・teen、トーキョー・ガールズ・フェスタの会場で。

ステージの袖で息をひそめ、「上田産まれの晴れ娘」は出番を待っている。

私の手も脚も、冗談みたいに震えている。

今は空っちさんがトークショーを繰り広げている最中で、客席からは笑いや拍手が沸き起こっている。私たちの出番は、その次の次だ。

「さっすが空っちさんだね、動画界のカリスマだよ」

どうやら葉月は緊張なんかとは無縁のようで、呑気にステージを楽しんでいる。

一方で、樹音ときたら、

「わたし、もうダメです。帰っていいですか？」

「ダメに決まってるじゃん！」

葉月が笑って呆《あき》れる。せっかくの美形なのに、樹音の唇はステージ袖の暗がりでも判別できるほど青ざめ、なおかつ盛大にわなわなと震えている。

「ジュンジュンとして、たくさんの人に支持されてるほどのカリスマなのになあ」

「あのですね、弥生ちゃん、あれはあくまで画面越しの話でして、直接こんなに大勢の前で踊るなんて……！」

緊張っぷりが極限すぎて、おかげで私は却ってリラックスしてきた。

どうせ出番になれば、樹音のモードが切り替わるから、放っておいても大丈夫。

会場に、拍手が巻き起こる。

出番を終えた空っちさんが私たちへ近づき、それぞれにハイタッチしてくれた。

「信じてたよ、またきっと会えるって」

「私は、まだ信じられません。本当にこんな大舞台に立ててるなんて」

「いろんな配信者さんと会ってるとね、一種の嗅覚が磨かれるの。ああ、この人はいずれバズる人だなあ、とか。今の時点でもう六万人、これからもっと伸びるよ！」

上田電鉄で遭遇したときから、空っちさんからは妙に気にかけてもらえたけれど、それはさすがに褒めすぎだと思う。

「こんな、まったく取り柄のない高校生なのに……」

「うん、弥生は動画以外の取り柄がないかもしれない。けど、あたしをここまで連れてきてくれたよ」

葉月が力強く微笑む。

「わたしも、本当は内気なのに、弥生ちゃんの存在が、思い切った一歩を踏み出させてくれました」

緊張に耐えながらも、樹音がうなずく。

この二人は、相変わらず私への評価が異常なほど高い。

「私、夢に向かうことくらいしかできなかったし、二人がいなかったら、単なる夢のままで終わってたよ」

けれど空っちさんは、確信をもって断言してくれる。

「夢を追う人は、そのひたむきな姿だけで、世界を変えられる。少なくとも、自分だけじゃなく周囲も変える力を持つんだよ。そのお二人さんみたいにね」

そう。かつての私は、大きな夢を捨てた。

代わりに夢を拾った二人が、私を奮い立たせてくれた。

ずっとそのことに感謝してきたけど、今なら、こう言える。

(私自身、諦めることなく、ずっと胸に秘めつづけたからこそ、三人で行動に移すことができたんだ。そんな自分を、少しは誇ってもいいと思う)

やがて、ステージでは原宿系ダンサー・ビビ&アンナの舞台が終わった。

ああ、ついに「晴れ娘」の出番だ。あたふたしている暇もなく「青空しゅわっとロケット」の晴れ娘アレンジ版が流れ出す。

スクリーンには、前奏に合わせて実際のＭＶが流れている。

「行ってきて！」

空っちさんに背中を押され、覚悟を固めた。

葉月は相変わらず自然体だ。

樹音はすでにモードが切り替わり、落ち着きを取り戻している。

私は……まあ出たとこ勝負でゆくしかない。

——動画配信者は、それが下手でも上手でも、面白ければそれが正義なのだ。

なんちゃって制服姿のおしゃれな衣装で、雁金マスクを装着。頭の六文銭へアバンドもばっちり。ネクタイとベストはそれぞれ赤、青、黄色。

飛び出すタイミングまで、３、２、１……。

夢に見た大舞台への一歩を踏みしめる。

観客からは、津波にも似た大歓声。

まぶしいスポットライトを全身に浴び、ダンスパートへの前振りに、三人そろって叫びたおした。

「ぶっさせ、上田産まれの晴れ娘！」


（了）

コーダの描写については、五十嵐大氏から助言をいただきました。
この場を借りて、お礼申し上げます

著者

文芸社文庫NEO

上田娘は動画で生きる

二〇二五年三月十五日　初版第一刷発行

著　者　坂井のどか

発行者　瓜谷綱延
発行所　株式会社　文芸社
〒一六〇－〇〇二二
東京都新宿区新宿一－一〇－一
電話　〇三－五三六九－三〇六〇（代表）
〇三－五三六九－二二九九（販売）

印刷所　TOPPANクロレ株式会社

ISBN978-4-286-26429-5